Hokkori
「尊い……」
俺と夏川は生きる環境さえ違うんだ。
考え方や価値観が違ったって俺が夏川の事を
一方的に想うことはできるし、いたずらに関わる事で
いつか不愉快にさせてしまうなら――
端から眺めてるくらいが丁度いい。
JN035109
夢見る男子は
現実主義者
yumemiru danshi ha
genjitsusyugisya

四ノ宮 凜【しのみや りん】
クールビューティーな
風紀委員長。イケメン(女子)。
佐城 楓【さじょう かえで】
生徒会副会長を務める渉の姉。
学校でも家でも頭が上がらない。
♥佐城 渉♥
【さじょう わたる】
愛華のことが好きすぎる
本作の主人公。
しかし、ある日突然
様子が変わって……?

芦田 圭【あしだ けい】
愛華の親友。コミュ力高めで
バレー部所属の元気印。
♥夏川 愛華♥
【なつかわ あいか】
クラス一の美少女。
渉とは色々あり、
彼にだけツンデレ気味。

「…………渉は、来ないのかな」

わからない。

わからない。渉も、私自身も。

どうしてこんなにモヤモヤしないと
いけないいんだろう。

夢見る男子は現実主義者 1

おけまる

HJ文庫
880

口絵・本文イラスト　さばみぞれ

1章 星屑の後に

高校生になった今、この世の中に夢を見ることはあるだろうか。

きっと、この時の俺は誰よりも高校生活に期待し夢を見ていたことだろう。それは次第に膨らんで行き、いつからか現実を見つめることさえ忘れてしまった。とても恐ろしい事だ。そうなっている内は周りの評価など気にならないし、気づかないうちに黒歴史を量産してしまうのだから。

そしてもっと恐ろしいのは——ふとした拍子に、我に返ってしまうという事だ。その後の俺と言ったらもう。

◆

うららかな日差しの朝、多くの高校生達が穏やかな気持ちで並木道を歩いている。そんな中、騒がしい二人が一際目立っていた。

「嫌よ近付かないでしつこい！」

「なぁ待てって愛華！」

速足で歩く赤茶髪の女子生徒とそれを追いかける手染め感の強い茶髪の男子。端から見れば喧嘩中のカップルのように見えるが、実はこの二人は決してそのような関係ではない。

日に当たり赤く見える髪を靡かせる女子生徒。今こそ険しい表情で他の生徒達の間を掻い潜っているが、普段は誰もが認める美少女である。華奢な割に気は強く、茶髪の男子に何度腕を掴まれても渾身の力で振り払っている。

一方で必死に彼女を捕まえようとする男。彼の名前は佐城渉。人並みにお洒落に気を遣い、人並みに可愛い女の子に対して惚れっぽい俗な男である。

彼は逃げる美少女——夏川愛華に中学時代の頃から惚れていた。だからこそ早々と告白して交際を迫ったのだが、一刀両断——渉はバッサリと断られたはずなのだが、それだけでは諦めなかった。それから毎日のように彼女の元に押しかけ、熱烈なアプローチをし続けたのだ。

夏川愛華は完璧な美少女である。だからこそ頭の良い高校に通っているのだが、それを知った渉は彼女へのアプローチを続けつつも必死に勉強し、見事同じ高校への入学を果たしたのだった。恐るべし、恋のチカラ。

「クスクス……またやってるよあの二人」

「いい加減くっ付けば良いのに」

他の女子生徒からすれば微笑ましい光景のようだ。愛華がただモテるだけなら嫉妬の対象でしかないが、入学してからあのように目立っている二人はもはや一組のカップルのように見えている。他の男子生徒からしても、もはや渉こそがあの夏川愛華の彼氏なのだと、一人の男として認めているのだ。

渉は今日もめげずに彼女を追い掛ける。

「なぁ、いつになったら彼女になってくれんだよー！」

「なるわけないでしょこの馬鹿！　いい加減にしなさいよ！」

「えぇー⁉」

「何で今さら驚くのよ⁉」

さて……ご覧の有様だが、皆さんは〝百年の恋も冷める瞬間〟という言葉をご存じだろうか。恋した相手の良くない一面を見聞きしてしまって一気に冷めた気持ちになる事だ。

だが、今回はそれとは少し違う。完璧美少女に目を奪われた少年は夢を見続けた果てに理想に囚われ、いつからか現実を見る事を忘れてしまっていた。そんな彼が、急に我を取り戻す瞬間をご覧に入れよう。

「なぁもう少しゆっくりとさッ――!?」

火薬が爆発したような反響音。視界に散らばる星屑のようなもの。渉の目の前を通り過ぎ、壁にぶつかった豪速のサッカーボールは激しく壁を打ち立てて跳ね返り、勝手にグラウンドのサッカー部の元へと返って行った。同様に、何年も前に置き去りにしていた渉の中の何かがフィードバックされた。

渉に怪我はない。だがまさにこの瞬間、彼は我に返ったのだ。

「ちょ、ちょっと大丈夫なの!?」

流石に驚いた愛華が渉の元に近付く。足元から頭の先まで見て怪我が無い事を確認すると、呆れたように溜め息をついて文句をぶつけた。

「あのね……いくら私の気を引きたいからって大袈裟なリアクションするんじゃないわよ！」

「あ、あぁ……」

「全くっ……心配して損した！　もうしつこく追い掛けるのやめてよね！」

「………」

キッ、と睨みつけ愛華は先を行く。渉は呆然とその場に立ち尽くし、去り行く彼女の背中を見続けていた。声も届かない距離になってから、彼はようやく口を開いた。

「あ、ああ……悪かった……」

やっとの事で紡いだ言葉。しかし愛華の背中はもう見えていない。渉は歩き出す事もせず、ただ呆然とその場に立ち尽くしていた。

◆

我に返った。突然何を言ってるんだと言われても仕方ないんだけど、俺の今の状況を表すのならこの言葉がぴったりだと思う。

一瞬、何が起こったか分からなかった。厚手の物が破裂するような派手な音の余韻にやられ、転がって行く様を見てようやくそれがサッカーボールだと気付いた。普通ならありふれた反響音のはずなのに、俺の頭の中は電撃を浴びて痺れたかのように働かなくなっていた。

（えっ、えっ、なにこれ）

不思議な感覚でもない。ただ、まるで生まれ変わったかのような気分になっただけだ。
ちょ待ってコレ超大した事じゃね？

もしかして前世の記憶でも思い出したかとでも思ったけどそういうわけでもないみたい

だ。今までの自分の言動だって、何を考えて、どんな理由があってそんな事をしたのかを思い出す事ができる。何かに憑依されたわけでもない。ラノベの読み過ぎか？　いや、最後に読んだのはもはや中学の頃だ。

何だろう、ただ目の前の光景がとても現実的に見える。今までは何となく、もっとこう……キラキラフワフワとしてた。何言ってんだ俺、自分が何を言っているのかさっぱりわかんねぇ。

校舎の奥から予鈴の音が響く。

「あ……急がねぇと」

何もかもが当たり前の事でありふれた日常。それはいつだって同じように感じるはず……なんだけど、どうにも目に映る一つ一つの景色がいつもと違っているような気がする。走りながら何度も自分で頬を叩く事で正常な気を保った。そうしないと、教室にすら辿り着けない気がした。

教室のある階に着いたのは朝礼直前の時間。つかしーな……愛華に合わせてかなり早い時間に学校に着いてたと思うんだけど……。

「はい、一秒遅刻」

「うぁ、間に合いませんでしたか」

何とか教室に飛び込んだものの、今まさに担任の教師が教室に入ったところだった。どうやら俺は間に合わなかったらしい。入学してから遅刻をしたのは初めてだ、落ち込む。

「夏川さんのお尻ばかり追いかけてるからでしょ……って、夏川さんは普通に席に着いているのね。珍しい、何かあったの？」

「え？　いや、特に何も。シンプルに遅刻っす」

「シンプルに遅刻するな」

バインダーで頭をパスッと叩かれ、クラス中が笑いに包み込まれた。その生徒達のど真ん中に座ってこっちを睨みつける愛華。それを一瞥しつつ、違和感を覚えて首を傾げた。

「ほら、さっさと席に着きなさい」

「はいーすんませんっした」

「ったく……」

俺の席はかの有名な美少女の隣。通りがかりに他の奴らから揶揄われたり突かれながら席に着く。何気無しに愛華の方を見ると、ふんっ、といかにも不機嫌そうにそっぽを向かれた。今話しかけるのは藪を突いて蛇を出すようなものか。特に何か言う事もなく、教卓の向こうで話す先生の話に耳を傾けた。

◆

「ちょっと、アンタやっぱ怪我したんじゃないの？」

「や、してないって……たぶん」

「多分って……」

朝礼後、珍しくも愛華が俺の正面にやって来た。俺を立ち上がらせて小銭を――じゃない、下から上まで見回して怪我が無いかを確かめてくれたみたいだ。何でそんな急に優しくしてくれるのか……ハッ⁉　もしかして俺の事が好きで――いやねぇか。そういえば死ぬほどフラれてたわ俺。

「じゃ、お返しに今度は俺が――」

「座りなさい」

お返しに俺も愛華を確認してやろうとふざけてみたらトンと胸を押されて緊急着席させられた。まだ愛華のつま先しか見れてなかったんだけどなぁ……。あ、あれ？　何だろ、目の前がチカチカするような……これ大丈夫かな。まぁ良いか、その内治んだろ。

「心配して損したっ」とご機嫌斜めな声はカラオケじゃ加点ボイス。抑えきれない愛嬌をこぼして去って行く愛華の背中を見ながら、俺はジッと星屑だらけの視界が元に戻るのを待った。

◆

何事もなく一限目の授業が終わった。国語ってのは現代文なら解んだけど、古文とか漢文を習う事に意味を感じないんだよな。もう話さない言葉なんて二度と使わないのに、何で勉強する必要があんだろうな。漢文の小話から教訓を教えたいだけなら最初っから現代文に訳したもので教えろよって思うのは俺だけかね。

「はぁ……」

朝は一息吐く間もなかった。用を足すために廊下に出ようとすると、一足先に愛華が前を歩いていた。驚いた顔をする彼女と目が合う。

「ちょっと！　付いて来ないでよ！」

「あ、いや、トイレ行きたいだけだから」

「えっ……え？」

固まる愛華。急に逃げ出したいほど気まずい雰囲気が漂う。自分が勘違いしただけなのだと気づいたのか、愛華は顔を赤くすると悔しげに俺を睨み付けて声を張り上げた。

「そういう事は先に言いなさい！」

「お、おお……」

いつもの俺の行動パターンからすりゃごもっともかもしんないけど、男に『トイレ行くわ』って宣言されても反応に困るんじゃねぇかな……。

シュールな空気になる想像をしながら、そこから動こうとしない愛華の脇を通り抜ける。

トイレの入り口際まで来ると、同じクラスの山崎と他数人から中に引きずり込まれた。

「――なぁなぁ、お前らって何かあったの？」

「お前らって……俺と愛華のこと？」

「そうそう、喧嘩でもしたのかと思ってさ」

山崎がニヤニヤしながら訊いてくる。これは面白そうなもの見つけたって目だな……寧ろ俺が訊きたいくらいなんだけど。

「喧嘩って、いつも通りだろ？」

「ん、おお……そう言われりゃそうだな」

冷静に返事をすると納得してくれた。でももう一人はまだ納得してないみたいだ。尋問するように俺に詰め寄って来ると、探るような表情で掘り下げてきた。ちょ、鼻息エグいんですけどっ……。

「いやさ、いつもは夏川さんが怒ってるだけだろ？　でもお前はガン無視して夏川さんに絡みに行ってるじゃんか」

「あー……そう言われりゃそうだな」

「そうだなってお前……」

そう言われりゃそうだ。俺は愛華の嫌そうな反応を見ても『じゃあ諦めよう』とはならなかった。怒られたとしても、たぶん俺は自分に真っ直ぐ感情を向けられる事が嬉しかったんだ。それほど愛華の事が好き――ん……？　好き？

「なぁ、俺って愛華の事を好きに見えるか？」

「は？　何言ってんだ？　ベタ惚れじゃねぇかお前」

「……だよな、俺も好き。布教したいレベル」

「おいおいこのタイミングで惚気――布教⁉」

コイツの言う通り、俺は夏川愛華の事が好きだ。凛とした振る舞いも気の強いところも、時々世話焼きになったりするところも。だからこそ今まで彼女に振り向いてもらおうと必死に自分をアピールして来た。

だけどこの感覚は何だろう。愛華の事が好きなのは間違いないんだけど、今すぐ彼女の下に駆け寄りたいとは思わない。今までと違う。側に居たいとは思うけど、胸の内で燃え盛るような何かが無くなってるような気がする。

いやでも、それなら愛華の事が好きって感情だって消えるんじゃねぇの？　何なんだこの感じは……？

「別に喧嘩したわけじゃないっぽいな」

「だな。そんな感じだな」

「ああ、本人の俺もそう思うわ」

「何言ってんだお前」

変な空気のままやり過ごして解散した。休憩の時間がもうすぐ終わってしまう。俺達は大慌てで用を足すと教室に戻った。その際に愛華から変な目で見られたのがとても印象的だった。もっと視線カモン。

◆

昼。ここまで体感十時間。実は四限の時くらいから腹の音が鳴り止まない。俺の胃袋はいつでも消化の準備ができている。そうと決まればさっそく愛華を――……愛華を？

愛華を、どうするんだ……？　弁当は直ぐ取り出せるように小包を机の横に吊り下げてある。別に愛華をどうこうする必要なんて無い。いつも昼になったらどうしてたんだっけ？

『――よし食べようぜ愛華！』

「――あ」

そうだ、いつもは愛華を昼飯に誘ってたんだった。思わず左を見ると、偶然にも愛華とバッチリ目が合った。思いっきり引き攣った顔されたんだけど。いつもみたいに誘うか……？

迷った末に声をかけようとしたけど、何故だか声が出なかった。しかも謎の恥ずかしさが湧いて頭がクラクラした。

「な、何よ……何か言いたい事があるなら言いなさいよ」

「あ、いや……何て言うか……」

え、何でこんな気まずい雰囲気になってんの？　いつもならサクッと机くっ付けてデヘデへしながら愛華の顔見てその景色をおかずに飯食ってなかったっけ？　やべぇコレ恥ずかしいとかそれどころじゃなくない？　俺マジキモいじゃん……。

「……いや、何でも」

「……は、はぁ？」

ヤバい俺今日何かおかしいわ。そもそも目に映る景色全部がいつもと違うような気がする。正直パニック、愛華どころじゃないかもしんないな……こんなの初めてだ。

……と、とにかく今はここから離れよう！　多分、端から見ても俺の様子おかしいかもだし、あんまり人目のある場所に居ないほうが良いかもしんない。とりあえずどこか、誰もいないところまで行こう。

「えっ……⁉　ちょ、ちょっと⁉」

　弁当は持った。飲み物は途中の自販機で買えば良い。愛華から何か言われたような気がしたけどちょっと今は構ってらんねぇわ。いつも構われてんのは俺なのにな。ホント何言ってんの俺バカじゃねぇの……。

　頭ん中がグルグル渦巻いてる。視界はクリア。混乱しながら緑茶を買ったら手にコーラ握ってた。いやもうこの際何でも良いわ。

　適当にフラフラしてると、中庭を囲う屋根付き通路の途中にベンチを見つけた。誰も使っていなさそうだし、とりあえずあそこを使うか。

「………」

　ドサッと座って三十秒くらい。気がつくと俺は膝の上に弁当を開いていた。食欲はある。如何にも市販っぽい形の整った玉子焼きを箸でぶっ刺して口に運ぶ。

「……うめぇ」

甘さが染み渡る極上の一品。たぶん五つ入りで二百十円くらいだと思う。心が浄化されるんじゃないかってくらい優しい味なんだけど。お袋の味って何だっけ……？

食べ続けていると、クリアな視界に引っ張られるように頭の中もスッキリして来た。さっきまで頭の中が壊れたテレビの画面みたいになってたけど、今は特に何も感じない。シンプルに栄養が足らなかったんかな……。

「……ヤバかったかも」

頭が正常に戻って思った。俺はまず飯より保健室に行くのが先だったんじゃないかと。さっきまではおかしくなった頭がまともな判断を鈍らせただけだったのかね……でもまぁ、最終的に治ったんなら結果オーライか。寧ろヤバいヤバいっつって騒いで大事にならなくてよかったかもしんない。

◆

五限……次は現代文。はい、脳死の時間がやって参りました。ぶっちゃけ普段から適当にネット小説とか読んでりゃわざわざ授業で鍛える必要も無ぇんだよな。今は余計な栄養使いたくないし、ホントにボーっとしてようかな……。

んな事を考えながら教室に戻ると、椅子を引く音に気付いたのか隣に座る愛華がわざわざこっちに体を向けた。俺の胸元に目を向けてから俺と目を合わせる。ネームプレートを見たのかな……？　何そのダブルセキュリティロックを解除するみたいな認識の仕方。

「……もしかして、心配かけた？」

「なっ……は、はぁ⁉　何で私がアンタなんかの心配しなくちゃいけないのよ！」

「そ、そっすか」

怒涛の否定に頷くしかなかった。っかしーな、こんなもんで傷付く俺じゃなかったと思うんだけど……何か普通に泣きたくなってきた。せめて、愛華の機嫌が元に戻るまで大人しくしとくか。愛華さん、肩揉みましょうか――落ち着け、落ち着け俺。欲望に負けるな。

「そ、そっすかってアンタ……」

「え？」

「な、何も無いわよ馬鹿！」

オッケー。今のは良い。単純に罵られるだけならご褒美でしかねぇんだなこれが……！

でも愛華が俺に口ごもるのは珍しい。いつもははっきりと拒絶するのにな。や、だからってしないで欲しいんだけど。

それから俺と愛華が言葉を交わすことは無かった。寧ろ助かったかもしんない、愛華に限らず人と話すだけで結構頭使うからな。そこからずっとボーッとし続けた事で、何となく調子を取り戻せたように思えた。

◆

つつがなく下校の時間を迎えた。何だか今日は一日がめっちゃ長く感じる。朝の一件からおかしくなった調子は昼飯を食って取り戻したかなって思ったけど……なんかこう、まだ違和感が残ってるんだよなぁ……。

それと、気のせいか？　クラスの雰囲気が何処と無くいつもより落ち着いてる気がする。昨日までもっと騒がしかった気がすんだけど……。

「ふぁ～あ。ねっみぃ……」

「どした山崎、寝不足か？」

「んぁ、いや、そうじゃねぇんだけどさ……」

右隣に座る山崎がグッタリと机に上体を投げ出して嘆いてたから声をかけると微妙な反応をされた。何なのコイツ、普通は放課後ってウキウキしながら帰るもんじゃねぇの？

あ、そうだコイツそういえばバスケ部だったわ。

そんな山崎とは反対側、左隣に座る愛華に目を向けると、まだ帰る準備も進めずにジッと座っていた。話しかけてみるか……？　いつもみたいに。

「愛華、帰るか？」

「へ？　……な、何で私がアンタと！」

「あ、あー……そっか。わかった、んじゃまた明日な」

「え……え？」

普段から煙たがられてるし。想い人にこれ以上迷惑かけるわけにはいかねぇよな。

放課後の廊下。帰る生徒と部活に向かう生徒で賑わっている。帰りにどっか寄ろう。そういや中学の頃に読んでた漫画があったな。途中まで買って集めてたけど、あれまだ続いてんのかな……。

下校する前に用を足しとこう……立ち上がってから尿意が。

「――ん？　え……」

男子トイレに入って右側、手洗い場にある大きな鏡。それを見て思わずハッとしてしまう。

「……俺、何やってたんだ？」

鏡に映ってるのはだいぶ伸びた茶髪を少々整えただけの男子生徒。それが自分だっていうのは当然なんだけど、俺が驚いたのはそこじゃない。

高校デビューのため整えた髪型に対して然程似合わない普通な顔。別に身長も高いってわけじゃない。さらにスペック的な事を言やあ運動が得意なわけでもないし、勉強ができるっつーわけでもない。

冴えない奴……ってそこまで卑下するつもりはないけど、俺ってこんなに普通な奴だったっけ？　こんなに特筆すべきモンが無い奴居るかね？

昼に抱いた疑問。どうして愛華に対する恋慕は変わらないのに熱が冷めたかのような感覚に陥ったのか。わかった、自信失くしたんだわ俺。いや、自信失くしたっつーより――『恋は盲目』。俺はそうだったんじゃないのか？　だってそうだろ？　相手はあの夏川愛華だぞ？

そうだ、夏川愛華は高嶺の花なんだ。

可愛かったり、スタイルが良い芸能人に恋心を抱く奴もいる。だからって大マジに付き合おうと行動する無謀な馬鹿は居ない。そうだ、今の俺にとって〝夏川愛華〟ってのは一世を風靡する人気アイドルで、俺はそんな彼女に恋心を抱くファンなんだ。

目の前に一押しのアイドルがテレビ撮影していたらどうする？　答えは、迷惑にならないように一定の距離を置いてそこから応援する、だ。これぞファンの鑑。

急に我に返った気持ちになったのはそういう事か。冷静に考えればそうじゃんか。愛華のような容姿端麗で勤勉な才媛が俺のような奴と釣り合うわけねぇだろ。何で今まで気付かなかったんだ……！

「付き合ってくれって……マジかよ」

俺以外に誰も居ない男子トイレ。鏡に映る自分に向かって呟く。顔に血が上って来た。もしかして俺は周囲から見りゃさぞ無謀な挑戦をし続けるピエロのように映ってたんじゃないだろうか。

さらに冷静になって考える。好きでもない男に延々と迫られるとか、女子にとっちゃとんでもなく気持ち悪いんじゃねぇの。

「……アホかよ……」

鏡に映る顔から血の気が引いて行く。キラキラフワフワしていた長い時間。盲目になった俺はあまりにも多くの時間を奪われていた。他でもない、自分自身にだ。おまけに想い人の都合すら考えない始末。これ、かなりヤバいんじゃないか……？

「……」

ダラダラと変な汗が流れる。トイレの窓を全開にして冷たい風を受け、偶然持ち合わせてたハンドタオルで拭く。

不思議とその汗が止まるまで、トイレには他に誰も現れなかった。

◆

実写化って何であんなに罪深いんだろうな。中学の頃、受験期だった理由で購読を控えた漫画のシリーズがあったけど、まさか今になってその実写版であの時の続きを知る事になるとは思わなかった。何より、常に突き付けられるコレジャナイ感。これはギルティだわ。


これは原作の方で記憶を上書きせねば……。

そんな事を考えていると、インターホンの音が鳴り響いた。不都合なことに偶然にも今家には俺しか居ない。玄関に向かって扉を開けると、そこにはまさかの人物が立っていた。

「え……愛華？　何でうちに？　こんな時間にどうしたんだ？」

時刻は十九時半。そんな時間に我らがアイドル、夏川愛華はやって来た。赤茶髪の髪は風呂上がりなのかどこかしっとりとしていて、ワンピースから伸びる腕の白肌から溢れ出る色っぽさに思わずドキッとしてしまう。いやそもそも常にドキドキしてんだけど。

「お、遅く(おそ)に悪いわね……」

「そりゃ良いけど、何で……」

「ぶ、部活で残ってた男の子にアンタん家教えてもらったのよ！」

こんな美少女が一人で夜道を歩くとか危な過ぎてヤバい。愛のあまり激しく説教してしまいそうだ。つーかこの時点で俺の方が危ない事しちゃいそう。

そもそも何で俺の住所を調べたんだ？　愛華が俺の事をどう思ってるかなんて簡単に想像できる。少なくとも自分から俺に近付こうなんて思わないはずだ。本当は好感度高め……？　なんて事は絶対に思わない。俺が愛華だったらこんな男どんな手を使ってでも突き放(はな)してる。

「な、何か話か？」

「え、ええ……そうよ」

「…………」

……成(な)る程(ほど)。

ついに来たか、と思った。気持ち悪いからもう付き纏(まと)わないでくれとガチトーンで言われるか、それとも本気で好きな人ができたからもう自分とは関(かか)わらないでくれと言われるか。愛華はそのどっちかを言うためにわざわざやって来たんだ。そうじゃないとこんな手間をかける意味が解らない。

「……上がるか？　ちょうど誰も居ないぞ」

「だ、誰も居ないの!?」

「いつ帰って来るかわからないってのも補足しとくわ」

連れ込んで何かしてる時に家族帰って来たらヤベぇだろ。そもそもこのご時世にそんな事するつもりも度胸もないし。

恐る恐る上がり込んで来た愛華をダイニングテーブルに着かせる。リビングの一角にあたる場所の方が安心できんだろ。

まだ初夏でもない季節。そんな夜を風呂上がりに歩けば湯冷めしてしまう。寒さよりお洒落を優先したい気持ちはわかるけど、ワンピースは幾ら何でも薄着じゃねぇ？　てか何で嫌いなはずの俺に会うのにそんな扇情的な格好なの……？

愛華の前に粉溶けのオニオンスープを置き、椅子にかけられたブランケットを差し出す。珍しく愛華はしおらしく従ってそれを羽織ってくれた。アイドルの体調管理は第一である。

気まずさをバシバシ感じてると、愛華が口火を切ってくれた。

「ねぇ、アンタさ……何かあったの？」

「あったっていうか……俺、何かおかしかったか？」

「おかしいっ……いや変じゃなかったけど！　だからこそおかしいんじゃない！」

「お、落ち着けよ」

何となく言ってる意味は分かる。愛華にとっちゃ奇怪な言動してる方がいつもの俺なんだ。やっぱり愛華は俺が今日おかしくなっていた事に気付いてたんだ。じゃあつまり愛華はそれを問い詰めに来たってこと？　あのトイレで変な自覚をしたことを今ここで言えと？　超恥ずかしいわ言えるわけねぇじゃん。

「あ、アンタって普段は打っても動じないと言うか、寧ろ向かって来るからドMと言うか……と、とにかくキモいじゃない？」

「同意しろと」

「そ、それがいったい今日の聞き分けの良さは何よ！　今度は何を企んでるの？　答えなさいよ！」

「……」

普段の俺は聞き分けの悪い粘着男。俺自身振り返ってもそう思う。あの手この手で接近してたんだから何か企みを持ってると思われても仕方ないだろ。だからっつってありのままを話して更に嫌われんのは俺がちょっと死ねる。全然ちょっとじゃねぇし……じゃあどうすれば。

「えっと……さ、愛華」

「な、何よ」

なら……それなら言ってしまうのではなく、結果で証明してしまえば良いんだ。俺の今日の変な目覚めと、踏ん切りを付けた愛華との関係性が間違っちゃいないんだという事を。

そのためなら――

「好きだ。付き合ってくれ」

もはや、変わってしまう関係なんて怖くない。

2章 ❤ 宣言と自分改革

「好きだ。付き合ってくれ」

めっちゃキメ顔で愛華に想いを告げた——つもり。でもまぁ、一世一代の告白っつーには似たような言葉を重ね過ぎてしまってる。今となっちゃ、愛華にとっても在り来たりな言葉でしかないんだろうな。

目の前の美少女の様子を窺いながら、スープカップに口を付ける。緊張で味がしないし全く喉が潤わないんだけど……すまんなお袋。お気に入り二袋も使っちゃった。

「ハッ、ハァ⁉　何言ってんのよ！　このタイミングで私が頷くわけないでしょ！」

うん、知ってた。そうなんだよな。だからこそ、今このタイミングなんだよ。

「なぁ……俺達っていつから名前で呼び合うようになったっけ」

「な、何よ矢継ぎ早に……名前呼び？　確か高校に上がったとき——って、気安く呼ばないでよ！　みんなが勘違いするじゃない！」

だよな。愛華からすりゃ迷惑な話だ。彼氏面もいい所。勘違い男ナンバーワン。これが

SNSだったら晒されてたに違いない。

「……そうだよな」

これが現実。俺が今まで目を背けて来たもの。中学の頃から〝そんなわけないだろ〟と夢を見続けて来たありのままの俺。その夢から、まさかサッカーボールが壁にぶつかる音なんかで覚めるなんてな。あと鏡、お前は残酷過ぎる。R-18に認定します。

「いや悪かったよ、夏川」

「今さらあや――――え？」

突然名字で呼ぶと愛華、いや夏川はキョトンとした顔になった。そりゃそうだろうな、何度やめろと言っても聞かなかったのに、今になってあっさりと言う事を聞かれたらびっくりもすんだろ。

夏川は俺をビシッと指差したまま固まってしまった。そんな様子がおかしくてつい笑みがニヤリとこぼれてしまった。いやコレこぼれる感じじゃねぇな……。

現実を見ても夏川が愛しい事は変わらない。彼女を手の届かないアイドルとして見据える分には誇らしく思う。現実を見たからと言って、この気持ちの全部を否定したくない。

だからこそ、この欲張りな感情は許されない。

「打っても響かず、殴った分だけ懐いてしまう。普通に考えたら頭おかしいよな」

「……い、いきなり何よ……」

「そりゃあ――――」

「たっだいまー」

言葉を続けようとすると、気怠げな声と一緒にリビングの扉が強く開けられた。ヤンキーよろしく帰って来たのは、今年受験生の我が姉。肩掛けのカバンを放りカーディガンを脱ぎ捨ててソファーに跳び込んだ。

「おかえり姉貴。びっくりするからゆっくり頼むわ」

「はぁーマジ疲れた。渉なんか飲み物――って」

名前は楓。その名前にそぐわないガサツさに溜め息を隠せない。こんな姉貴を見て育ったのも夏川の事を好きになった理由の一つかもしれない。主に俺以外と接してる時の慎ましさが良い。

そんな呑気な事を考えてると、どうやら姉貴が夏川がいることに気付いたみたいだ。

「わ、渉が女の子連れ込んでるッ⁉」

もうちょっと言い方無かった？　なんつーデカい声出すんだよ……これお隣さんにまで聴こえたんじゃね？　誤解が広がるような事は勘弁してもらいたいんだけど……。

数秒後、姉貴を塾に迎えに行ってたお袋が騒ぎを聴きつけたのかすっ飛んで来た。俺と夏川がダイニングテーブルを挟んで向かい合っているのを見ると、項垂れるように安堵の息をこぼすと、一目散に姉貴のもとに向かった。

まさか俺たちが事に及んでいると思ったんじゃ……。

「紛らわしいのよ馬鹿！」

「痛ッた⁉　だ、だって……！」

お、おお……お袋が怒ってんの久々に見た。確かに尋常じゃない声だったもんな。お袋は姉貴の頭を引っ叩くと、ずれたフリースを着直して外向けの笑顔を作り始めた。

「こ、こんばんは。渉のお友達かしら？」

「高校生向けの話し掛け方じゃなくない？」

「ちょっとアンタは黙ってて！」

今日のお袋は珍しく感情的だ。姉貴と二人して姿勢を正し、夏川の事を上から下までじろじろと見ている。この姉にしてこの母、ひいては俺ありってか。ホント失礼な家族だなおい。ちょっとやめて、品定めとかホントやめて！

「ってか激カワじゃん。まさかアンタの彼女とかじゃないよね？」

「そんなわけないでしょ馬鹿娘！　あの様子を見なさい！　何か……何かそういう感じじゃないでしょ！」

「だよね。幾ら何でも渉には勿体無さ過ぎる」

察しが良いのは話が早くて助かるけど言いたい放題だなこの二人、ホントに家族？　実は俺が親戚の息子で俺を煙たがってるとかじゃないよね？　いやよく考えたらこんなのいつもの事だったわ。全然怒ってない俺がいる。マジで鋼メンタル。

んでもって、これで夏川は俺の言いたい事が解ったはずだ。

「──との事らしい、夏川。んな分かり切った事を俺は今まで気付いてなかった。少し考えたら直ぐ気付く話なのにな」

「え……？」

「打たれりゃ響く。殴られりゃそれだけ吹っ飛ぶ。嫌われたらもう近付かない。人間関係なんて普通そんなもんだろ」

きっと俺自身、どこかでずっと違和感を覚えてたんだ。夏川愛華の事が好き。だけど、いざ付き合ったときの未来が想像できない。じゃあ、それは何故か？

どれだけ想像しても、俺達が隣り合う姿が想像できないからだ。釣り合っていないんだ。これは現実逃避。現実を見てしまったら、自分で自分を辱める事になるから。

人間社会は不公平なんだ。顔なり運動神経なり、生まれながらの格差があまりにも有り過ぎる。だからこそ、俺は自分の分というものを自覚できた――長い夢から覚め、俺はいつしか置き去りにしてしまっていたありのままの現実を見つめ直す事ができたんだ。

「だから、そういった今時の〝当たり前〟を汲んで空気を読む事にするわ。いつもよりもうちょい落ち着きを持てるようにするから、まぁ、宜しく」

「よ、宜しくって……アンタ……」

とは言い切ったものの、夏川のようなドラマのヒロインみたいな美少女じゃなくてもそれなりに青春する事はできる。自分の分さえ弁えれば、俺にだってこの学生生活を楽しむ事ができるはず。

ここは一つ、俺の五、六十倍の分を持つ彼女の力をお借りして。

「――つーわけで、夏川の友達とかで俺に合うようなコ居ない？」

「なっ……!?　〜〜ッ!!」

「あ、あれ……？」

肩をわなわなと震わせる夏川。どう見てもお怒りのようにしか見えない。美少女に睨まれながら身動きを取れるほど小市民の俺にその勇気は無かった。もっと冷めた感じに呆れ顔をされると思ったんだけど……。

「――最っ低ッ!!」

「うわっ!?」

引っ叩かれると思って慌てて身構える。が、どれだけ待っても俺に痛みは襲って来なかった。代わりに聴こえてきたのは固いものを張るような強い音。夏川は両手でダイニングテーブルを強く張ったらしい。恐る恐る顔を上げると、夏川は足早に玄関の方へと向かって行った。一拍置いて慌てて追いかける。

「お、おい夏川！」

「うるさい馬鹿！」

追いかけるも、夏川はいつものように俺の手を振り払った。

また、俺の視界に星屑が散らばる。

最後に見えたのは、彼女が通りの角を曲がって全力で去って行く姿だった。

◆

あれから一週間。今日も今日とて当たり障りのない日を過ごしている。夏川とは明らかに距離が開いたように思える。心の距離は前から開いてたかもしれないけど……。お陰様で教師陣の多くが俺の事を夏川愛華大好き芸人である事を忘れたように思える。いや今も大好きなんだけどね。

クラスの生徒は時折『最近どうしたの？』なんて反応を見せるけど当たり障りない返事で誤魔化してる。正直に話しても多分訳わかんないと思うし……。

分相応かつ穏やかな日常への第一歩を実感してこっそりと噛み締めていたけど、そんな嬉しさは急な来訪者の登場で壊されてしまった。

「ねえ、佐城くんだよねー？」

超・展・開。

席に着いている俺の前でにこにこしながら話しかけてくる女子。明るい茶髪がゆるふわしてる感じだけどギャルとかじゃないみたいだ。朝のニュース番組でおすすめコスメとか紹介してそうな雰囲気。そう、つまりは可愛い。

「人違いじゃない？」

「あはは、違うわけないじゃーん！」

分かってんなら本人確認すんなよ……明らかに何らかの思惑があって話しかけて来てんじゃん……。俺に取り繕った顔を見抜くようなスキルはないけど、この目尻一つピクリとも動かない笑顔にはやはりどこか違和感を感じる。

「よく見破ったな。俺こそがこのクラス唯一の存在、その名も佐城渉」

「えー？　訳わかんなーい！」

「おっけ。で、どこのクラスの人？」

挨拶を終えたところで本題、先ずは正体を明かしてもらおう。誰って尋ねるのは少し棘があるように感じるからあえてクラスを尋ねてみる。ついでに名乗ってくれるという芋づる式戦法だ。

「あ、やっぱり知らない？　隣のクラスの藍沢レナですっ！　スリーサイズも知りたい？」

「あ、いえ」

つぶねぇ……とんでもない情報まで芋づるに引かれて来るとこだった。そんなに自分に自信がある感じ？　にしては胸を張る程でもない大きさ……いや良いですねその景色。そうか俺は差別フリーな紳士だったのか。どんなサイズでもかかって来い。

「自分に自信持ち過ぎじゃね？　そんだけぶっちゃけられるほど可愛い藍沢さんが何で俺のとこに？」

「もぉ可愛いだなんてそんなぁ……この前見ちゃったんだよねー！　佐城くんが『シムキャット』買ってるとこ！」

「え、マジで？」

どうやら中学時代に途中まで買ってた漫画シリーズの続きを最新刊まで大人買いしたとこを目撃されたらしい。別に見られて困るもんでもないけど、結構な量だったからこの前の休日何してたか筒抜けじゃねぇか恥ずかしい。そーだよ！　誰かと遊んだりなんか無かったよ！

「あのシリーズ私も好きなんだぁ……この前地上波で流れた実写化のやつは認めないけどねっ！」

「わ、解るっ……！」

超解る。もしかしなくてもそういった同志はごまんといるはず。人が揃うなら『シムキャット』の主人公の格好をして実写化撲滅運動だってしてやる。いやいや自分で実写化してんじゃねぇか。

「身近にアレ好きな人居るんだと思ってさっ！　だから話しかけてみたの！」

「好きな脇役は？」

「ヒロインの咲耶が十年飼ってる仔猫、クーちゃん！」

「ふむ、及第点」

主人公がヒロインから紹介される仔猫。仔猫なのに当たり前の様に『小さい時から一緒に居るの！』と紹介されて主人公が『は？　は？』となってるシーンがツボ。未来から現代に落ちた猫型AIで、実は喋る上に自分は虎の子だと言い張る。ちっちゃいくせに超濃いキャラなんだ。

「まさか、隣のクラスに同志が居たなんて……」

「私も同じ気持ちだよっ。好き嫌い分かれるらしいからねあれー」

「そうっぽいな」

「あ！　授業始まっちゃう！　まったねー！」

「お、おー、じゃあまた」

俺の好みを散々刺激しまくった藍沢は嵐のように突然現れて去って行った。何とも明るい奴……一瞬疑ったけどもしかしたら何も企んでないのかもしんない。相変わらずああいう系の女子ってどっか打算的って考えは変わってないんだけど。

「――あ……」

周囲が此方をガン見していることに気付く。思わずあたふたしてしまって、つい癖で左隣の夏川を見てしまった。

「ふんっ」

「あ……」

おっふ、凄い勢いでそっぽ向かれた。てか夏川にも一部始終見られてたっていう。つい最近まで常に（一方的に）絡んでた女子の前で他の女子と話が盛り上がるっつー男の醜さで身勝手な罪悪感が湧いてしまう。夏川と付き合ってるどころか友達ですらないかもしんないんだけどね……そう、夏川愛華はみんなの女の子です！　※ただし絶対に触(さわ)れない。

そこまで考えておきながらやっぱり嬉(うれ)しくなっちゃってる俺が居る。可愛い女子に親しげに話しかけられて冷静さを保てる男など存在せぬ。そう、絶対に……！

男ってホント馬鹿。

◆

「さじょ〜くんっ」

「……………」

昼休み。最近すごく見覚えのある女子が俺の元にやって来た。後ろに手を組んでピョンっとやって来るあたり、あざといとかいう感想よりもどの少年漫画のヒロインに似てるか考えてしまう。

「おー、さっきぶり。どうしたん？」

「一緒にお昼食べよーよ！『シムキャット』のお話(はなし)しよ？」

「え、お、おお……」

呆気(あっけ)にとられつつ返事をすると藍沢はその辺の空いた椅子を持って来て俺の机の前に座(すわ)

った。あまりの展開の早さに付いて行けてない。

今日が初対面。会ったのはまだ二回目だ。漫画で共通の趣味があるからってこんな距離の詰め方あんのかね。いや無ぇな、俺が夏川に同じ事したら〝キモい〟の言霊でぶっ飛ばされそう。

ふと視線を感じて辺りを見回す。

「……！」

何事かと注目して来る周囲。一部の野郎共がシャーペンの先を此方に向けていた。宜しくない。これは宜しくないぞッ……！

「あ、藍沢……どうせ一緒に食べるんなら移動しない？　結構目立ってるから」

「えっ……うわっ！　ホントだぁ！」

小声で提案すると藍沢は空気を読んで小声で返事した。注目されてる事に気付いたのか、広げかけていた弁当をテキパキと片付け始める。……その割には照れて顔を赤らめるような節がないんだよなぁ……。人によりけりって感じ？　それだけじゃ疑う材料にはならなそうだけど。

廊下に出て手頃な場所を考える。

「食堂……はもう席空いてないよなぁ」

「あ、じゃあ良い場所知ってるよー」

藍沢が良い場所を知ってると言うので付いてく事にした。普段友達と食べてる特別な場所があるとの事。あんま目立つような場所は勘弁してほしいけど、可愛い女子にご相伴させてもらう幸せ……今は噛み締めとくとするか。

◆

「ねっ、良い場所でしょ？」

「う、うん……そだね……」

人気が無さすぎませんか。

校舎裏の木々を抜けた先にある東屋。この高校にそんな場所があったなんて初めて知った。良い感じに日が当たってて心地好さそうだけど、男女二人きりで来るにはちょっとイケない場所なんじゃね？　これはけしからん。

「た、確かに良い場所だな。こ、木漏れ日とか……」

「でしょでしょ！　いつもここで食べてたんだー！」

誰も知らねぇよこんな場所。人気無さすぎて何してもバレないレベル。何でこの子は出会って間もない男子をこんな場所に連れて来れんの……？

いや落ち着け、これは罠だ。悪戯のために藍沢の友達とかがスマホ片手にその辺に潜んでんだろ！　俺は判ってるんですからね！

「……」

「？　どうしたのー？」

「あいや、何でもない」

周囲を見渡しつつ目を凝らすけどそんな感じはしない。何よりそんな目的があんなら俺の事を徹底的に調べてからそうするはずだし、それなら俺が未だクラスでまあまあ目立つ方の生徒だって事も知ってるはず。藍沢的に考えると敵に回すにはリスクが高い。危険かもしんないのにこんな事する理由ねぇ……ああ、そう言えば。

「いつもここで食べてたって？　一人じゃないよな？」

「えーなぁに嫉妬？」

「何言ってんだよ」

まだ会って数時間。普通ならそんな感情なんて抱かないもんだけど、悲しい事に普通の男子ってたったそんだけで彼氏面しちゃったりすんだよなぁ……。でも藍沢の俺を見る目からは〝男子なんてそんなもんだろ〟感があるし、それさえ分かってりゃ術中に嵌る事は無ぇだろ。

「漫画の話、するんだろ？」

「ええー？　突然過ぎるよぉー」

「いつどんな場所でも話せなきゃ本物の信者じゃねぇっ……！」

「な、なにおう……！　だったら訊こうじゃないの！　好きなキャラは⁉」

「師匠の娘！」

「ええ～⁉　あの子ぶりっ子じゃん！　やっぱり男子ってそういうコが――」

藍沢レナ。明るく元気でアホっぽく見えるけど、自分を可愛く見せるコツとか男子の好みをよく解ってるような気がする。そんだけ男子付き合いも多分広い方なんだろ。当然、藍沢が俺に何らかの興味があってこうして接触してきたなんて思ってない。だってこんなラブコメみたいな展開が大したきっかけもなく起こるはずは無ぇもん。

ここは校舎裏の奥にある東屋。周囲とわいわいするのを好む女子達が飯を食うような場所じゃない。本当に前までここを使ってたとすんなら、恐らく今と同様に男子生徒の誰かと過ごしてたんじゃないかと思う。だって相手が女友達なら藍沢切られてんじゃん。

藍沢がもし何らかの企みを持って俺をこの場に呼び寄せたんだとしたら、先ずは彼女の男関係から調べた方が良さそうだ。

とりあえず今はぶりっ子の陰の努力について理解してもらうとしよう。

「――――ねぇ、明日もここで一緒に食べようよ！」

「つまりぶりっ子だからこそ――――え？　明日も⁉」

「うん！　明日も！」

こんな可愛い子と明日も飯食えんの？　もうぶりっ子とかどうでも良いわ……いっその事このまま藍沢と親睦を深めていくのはどうかな……？　もうね、騙されても全然許しちゃう。

◆

その日は何故か下校まで藍沢とする事になった。わざわざ教室まで来て大声で俺を呼んで来るんだ。お陰で周囲からは浮気だの何だのと揶揄われ、女子からは白い目を向けられてしまった。興味を無くされるのは良いけどマイナス評価で嫌われるのはダメージでかいな……。

間違いなく藍沢は俺の穏やかな学生生活に悪影響を及ぼし始めてる。これは早急に対処しないと……！　うぅッ……可愛いのに勿体ない！

「………うぅむ」

「どしたのー？　悩み事？」

とか悩んでる割に次の日も藍沢と同じ場所に来てたり。これは何かのご褒美ですかね？　やっぱ神様は見てんだよな、俺の日頃の行いがどれだけ良いか——あ、あれ、夏川の尻追いかけてばっかじゃね？

ともかく、藍沢にまさか『アナタの事で悩んでるんですよ』なんて言えるわけがない。何とか誤魔化さなければ。

「いや藍沢さぁ……そんなおっきくなくね？」

「おっきく……？　何のこ——ちょっとサイテー！　どこ見て言ってんの⁉」

「形」

「見るなっ」

やっべ瞬発的に出た話題が野郎モロ出しの話題しか無かった。い、いや良いんだ！　藍沢がそのつもりなら俺もそのつもりで行く。何かの目的のために俺に近付いて来んのなら俺もあえて踏み込むのみ！　何ならセクハラ的な発言したって藍沢は何かしらの目的のために我慢するしかないんだ。そう、これは仕方のない事なんです……！

この人気の無い東屋で二人きりにってセクハラ発言されてもなお続ける愛想の良さ。藍沢の目が本気で俺をキモいと語ってんのは気付いてるから正直もう何かあるのは確信してる。本当に媚を売るならもっとボディータッチとかですね……くっ!!

それでも、まだ藍沢の目的が見えない。

◆

そのまま藍沢との関係は数日続いた。何だかんだ俺も良い思いをしてる気がするからあえて静観させてもらってる。騙されても構わない女、恐るべし。

でもさすがに藍沢も性急過ぎたんかね……。ちょっとずつだけど俺の元に来る頻度が減ってる気がする。もしかすると藍沢の目的が果たされようとしてるのか……？　もういっそ金払うからまた来てくんないかな……。

「――ね、ねぇ……ちょっと」

「ん……？」

現実感に襲われたあの日から藍沢が来ない日は食堂か中庭で飯を食ってる。だって夏川の隣気まずいんだもの……。

その日は普通に中庭のベンチで飯を食って教室に戻っていた。五限の準備をしてると、隣の席の夏川が珍しく俺に話しかけて来た。いやホントに珍しい、女神様、矮小なこの私めに何の用でございましょうか。

「あ、アンタ……毎日藍沢さんと食べてるの？」

「いや毎日ってほどじゃねぇけど……まぁ大体は」

「外で食べてるのよね？　二人で外に出て行くところを見たって子が居て……」

「あー、そうだな。間違ってないぞ」

「っ……そ、そう」

正直に答えてみると、夏川は伏目がちに自分の膝に手を乗せた。何か俺に言いたい事でも有りそうだ。冷静に考えたらついこの間までアプローチしまくって来てた男が別の女に尻尾振ってるってかなりムカつくんじゃね？

……いや待てよ？　夏川は美少女、つまり女子だ。女子である以上、俺のようなモブサイコ男子の三十八倍くらいの情報網を持っているはず（※偏見）。藍沢の事を探りたいならそれを利用した方が良いかもしんない。

「えと……なぁ夏川。前から藍沢の事は知ってたのか？」

「え……え、ええ知ってたわよ？　それが何？」

「知りたいんだよ、藍沢の事を」

「ッ……話すわけないでしょこの馬鹿！　女の子の尻追いかけるのも大概にしなさいよ！」

「あ、ちょっ……」

藍沢の事を尋ねた理由を答えたら怒られた。あ、これもしかして俺が藍沢の事を狙ってるって思われた……？　うっそマジかよミスったわ、ファングッズ買うから許してくんねぇかな……。ガチで売ってたら鑑賞用、布教用、そして日常用の三つを――日常用って何？

自問自答してると、俺にヌッと近付く影を感じた。

「良い身分だねー、さじょっち」

「何の用だよ、芦田」

「さぁ？　女の敵に挨拶？」

「女の敵って……」

夏川が腹立たしげに教室から出てくのを見てると、夏川の親友の芦田が含みがあるような顔で話しかけて来た。バレー部で身長が高いからか、座った状態の時に見下ろされると女子でも結構な迫力がある。

「さじょっちは愛ちの事が好きじゃなくなったの？」

「まぁな。何故ならそれは愛へと進化したからだ」

「けっこー真面目に訊いたつもりなんだけどな……よりにもよって藍沢さんだもんねぇ……」

「俺はいつだって真面目――――ん？　よりにもよって……？」

芦田の口から何やら気になる言葉。まるで藍沢の事を詳しく知ってる様な口振り。何か暗い噂でもあんのかね。大丈夫だ……男子に話しにくいような女子ならではの噂でも真顔で聴いてやる自信があるぜ俺は！　※喜々

「何かあったのか？」

「あったも何も、入学してからずーっと彼氏にくっ付いて廊下歩いてた子じゃん！　知らない人なんて居ないくらいだよ！　キーッ、妬ましい！」

「彼氏に……くっ付いて？　入学してから……？」

「あ、なーにぃ？　構ってくれる女の子の元カレに嫉妬してるんだぁー……噂じゃ中一の頃から付き合ってたらしいよー」

「え、そんな前から……？」

女子の情報網すげぇ！　超怖い！

だけどこれで藍沢レナの事が一つ分かった。少なくとも高校に入学してつい最近まで彼氏が居たんだ。中一から付き合っていたのが事実っつーならかなり入れ込んでたはず。直

ぐに吹っ切れて俺の元に来たというのも考えにくい。これは……何となく藍沢の目的が見えて来たかもしんない。

階段を上る。向かうは二年生の教室。

藍沢レナの彼氏について芦田に詳しく質問させてもらった。情報料として俺だけが知ってるかもしれない夏川の可愛いとこベスト5を懇切丁寧に説明したら大層喜んでくれた。去り際に俺の顔を見ながら『うん、アタシの勘違いだったよ、キモいねっ』と超笑顔で言われたのはご愛嬌か。屠るぞコラ。

さて、藍沢レナの元カレの名は有村和樹という二年生の先輩らしい。廊下でよく芦田が見かけていたのは藍沢が二年の教室まで押しかけ、そんな彼女を一年の教室まで連れ立って送り返しているという場面だったらしい。その事から藍沢はよほどその有村先輩に入れ込んでいたと窺える。

変装用の伊達眼鏡の位置を直し、二年の教室がある廊下を歩き回る。変装は念の為。万が一にでも俺の事を上級生が把握してたら怖いもんっ。だから無用な誰かとの接触は避けたい。

「…………居た」

有村和樹、ＳＮＳでなんとか探して見つけた。写真より短髪でスポーツが得意そうな印象だ。ここから見るだけならフツーに先輩らしい佇まいだ。何あの体操のお兄さん感……俺と全然違くない？　無理有るよ藍沢さん……。

スマホを弄りながらその先輩の元に近付いて壁にもたれかかる。ちょうど同級生の男子生徒達と恋愛トークで盛り上がってるみたいだ。

『やっぱ水瀬だろ。あの黒髪ぱっつんをペロンてめくっておでこ見たい』

わかる。あの謎の魔力な。

有村和樹とは別の先輩が熱く水瀬さんとやらの事を語っている。それが誰かは分かんないけど、その気持ち分かるなぁ……前髪でおでこを隠す女子のでこはなんか夢があるよな。

前髪にフッ、て息を吹き掛けて『ひゃあんっ』って言われたらもう。

『俺は三年の佐城先輩だな』

「ぶふっ……!?」

衝撃発言。

あのメスゴリラを好きになる先輩が居るだとっ……！　んな馬鹿な！　体重計にブチ切れて嘘つくなと大声で怒鳴り散らす女だぞ。それで機嫌悪くなって俺から晩飯のハンバーグふんだくった女だぞ！　痩せるんじゃねぇのかよ!!

『舎弟になってムラムラしたっつって無理やり襲われたいんだよなー』

何だドMかよ納得したわ、あの姉には変態がお似合いだ。だが俺は認めない、義理の兄貴がドMだったら絶対に縁を切る。よく考えたらやべぇ性癖じゃねぇか！

んや今はどうでも良いんだよそんな事は……！　次は有村先輩だ、周りがこんだけ暴露してるんだ、自分だけ答えないなんて事ぁねぇだろ。

残念ながら先輩が選ぶ女子は藍沢レナじゃない。彼女が腹に一物抱えて俺に接触した以上、恐らく誰かしらに良くない感情を抱いてんのは判ってる。だけど多分、俺は元々藍沢に会ったことも無かったからその対象じゃない。最も高い可能性として、元鞘である有村先輩がその対象の可能性が高いんだ。

俺の予想だと、有村先輩は他に好きな人ができてしまったんだ。だから先輩は藍沢に別れを切り出し、藍沢はそんな有村先輩を恨んだ。時々藍沢から感じる〝男なんてそんなもんだろ〟感はそれが原因だと思ってる。

さぁ吐け有村和樹。いったいどこの誰を好きになってしまったんだ。

『有村は？　どうなんだよ、最近彼女に振られたんだろ？』

「…………は？」

はいはいストップストップ。いったんカメラ止めてー。はっはっは。あれー？

え、何？　アンタ振られたん？　藍沢にこっ酷く振られたのアンタの方だったん？　出鼻を挫かれるどころかへし折られたんですけど。

じゃあアレか？　藍沢レナは佐城渉――この俺に一目惚れしたから有村先輩を振ってしまったってこと？　え？　いっちばん最初に潰した可能性なんですけど。だって俺だよ？　顔面偏差値55の俺――ごめん盛った、42くらいだと思う。

じゃあ何か？　もしかして有村先輩はまだ藍沢レナの事が――

『俺は………一年の夏川かな』

………………ほぁ？

◆

「………」

わ・か・ら・ぬ。

え、無理じゃね？　よく考えたら俺ってどこにでも居るただの高校生だぞ？　大抵そう言ったら只者じゃないんだけどガチもんのノーマルスペックだぞ。ちょっと考えたくらいで男と女のいざこざを解き明かせるわけねぇじゃん。

や、もういっその事このまま流れに身を任せて藍沢とイチャイチャしてようかな。まぁ藍沢は絶対何か抱えていて、俺の事は好きでも何でもないんだろうけどさ。

もうさ、良いじゃん可愛いんだし。騙されても良いよ。騙されてあげるのが良い男ってもんでしょ。ね？　全国の女子。

「……戻って来たと思ったらなーにしかめっ面で考え込んでんの？　さじょっち」

「俺の身分について」

「平民は黙って勉強してな」

「おう、うるせぇぞスードラ」

「よぉし！　その喧嘩買った！」

「やめなさい、アンタ達」

横を見ると席に着いてる夏川を芦田が後ろから抱き締めてる。どうやら夏川と芦田がイチャイチャしてるタイミングだったみたいだ。この状況だといつもは俺が夏川に対して何らかのアクションを起こしてたはずだから、黙って席に着いた俺を芦田が訝しんだんだろうな。

夏川の一声で俺は犬のように従い矛を収める。芦田はそんな俺を見て『はっ、マジさじよっち』と愚痴を零した。そうだよ、これが俺イズムだよ憶えとけ。

「あ、分かった！　さては前に訊いてきた藍沢さんの事気にしてるんでしょ」

「え？　あ、おう……まぁうん、そうだな」

「……」

んにゃ待てよ？　男と女の関係に関してならこの学校にもエキスパートが居るじゃないか！　俺が一人で何もかも考えなくとも、芦田とかその辺のガーリィネットワークに接続してウィキったら答えなんて五秒で出てくんだろきっと。

「二人に質問がある」

「な、何よ急に……」

「藍沢と有む──」

「さーじょーおーくーん!!」

「うわっ!?」

質問しようとした瞬間に背中にのしかかる重み。と、聴こえてくる甘みある声。それを藍沢と認識すると即座に背中に伝わる柔い感触を探す。……!?　はッ、発見……！！

こ、これは……そんなにおっきくないだなんて言って悪かった藍沢。ちゃんとCくらいあると思うよ！　何が言いたいかというとですね……僕ぁ幸せです……。

「あ、藍沢さん⁉」

「あ！　もしかしてお話し中だったー？　邪魔してごめんねぇー！」

「あ、いや別に大丈夫だけど、さじょっちだし」

平民にだって会話を遮られちゃいけないくらいの権利は存在するんですよ芦田さん‼

おのれスードラ……平民に楯突くとは良い度胸じゃねぇか！　でも女子達が怖いから許す！

「…藍沢どいて、柔っこい」

「うわ変態」

「死ねば？」

………天国かよ。

いやいやちょっと待て。藍沢と夏川に罵られてちょっと喜んじゃったのは何かの間違いだ。きっと佐城家に住み着いたメスゴリラの影響でちょっとドMになってるだけだと思う。

全然ちょっとじゃねぇじゃん。

「まだ昼じゃないけど、どうしたんだ？」

「べっつにー？　佐城くんとお話ししたいなって思って」

「そ、そうなの……？」

最近は少しずつだけど藍沢の俺に会いに来る頻度が減っていた。昨日だと昼に例の東屋で会ったくらいだ。それなのにこのタイミングで俺に会いに来るってのにはどんな狙いがあるんだ……？　しかも今までに無かった身体的接触まで。てかこれって好感度九十五パーセントないと駄目なレベルのやつじゃない？

「じゃあさじゃあさっ！　藍沢さんが元カレと別れた原因教えてよ！」

「っ……」

芦田てめぇ鋼のメンタルかよ。

ねぇちょっと？　お陰様で藍沢の顔直視できないんですけど？　この空気どうしてくれるんですか？　夏川も口あんぐりじゃねぇか相変わらずお美しい。思わず喉の奥覗き込みそうになったわ。ハハッ、俺キモッ。

芦田のラリアットのような質問に藍沢が後ずさりしながら困ってる。

「え、えー!?　突然そんな事訊いちゃうかなー？」

「良いじゃん良いじゃん！　どうせ今はさじょっちにお熱なんだしー？　ね？」

「えー……？」

空気が何処と無くピリッと張り詰めた。ビビったまま芦田の顔をよく見ると最近の藍沢のようにピクリとも変化のない笑顔になっている。これはまさか……女同士の闘いってや

つが始まろうとしてんのか？　いや何で？　ホワイッ⁉

「そ、それはぁ～……やっぱりアタシに駄目なところがあった（アンチクショウが不甲斐なかった）から？」

おっと俺の今時女子センサーが反応したぞ。悲劇のヒロインを演じる事で逆にそんな反省してる自分を振った相手の方が悪いという流れを作り出すセリフだ。中々ずる賢い。今日も可愛いぞ藍沢。

だけど、そんな俺にもわかるような事を芦田が気付かないなんて事あんのか？　個人的に芦田の勘は鋭い方だと思ってんだけど。

「へぇ～、何だか健気だね。そんな藍沢さんを振った元カレって最低だねー！」

「そ、そうだねー」

いや思惑通りだろうけども……ド直球過ぎない？　丁寧に仕上げた化粧にさらにファンデ上塗りするくらい下世話なんだけど。やっぱ女子って男の悪口言ってる時は生き生きとしてんのな……。

「でももうさじょっちが居るから大丈夫だね！　そんな女の敵みたいな男さっさと捨ててさ、さじょっちと幸せになりなよ！」

「……」

「ちょ、ちょっと圭……」

流石に言い過ぎだと思ったのか、夏川が盛り上がってる芦田の肩を掴んで止めようとしてる。好き放題言われた藍沢は目を閉ざして肩を震わせながら俯いていた。自分の言葉が大げさに膨らんで後悔してんのかね……？

よく解らんけどこれだけは解る。夏川は女神。俺は間違ってなかった、うん。

「——……ないで」

「えっ？」

「元カレの事、あんまり悪く言わないでくれるかな」

キッ、と目を見開いた藍沢は芦田の方を真っ直ぐ睨んでそう言った。珍しく語尾は伸びていないし、大真面目に言ってるんだってのがわかる。これが藍沢の本音か。

一言だけ冷たく告げると、藍沢は足早に教室から出て行った。結局俺とはほとんど喋ってないし。ただ背中に胸押し付けに来ただけ。おい最高じゃねぇか……。

「追いかけなくて良いのー、さじょっちー」

「やだよ怖い」

「うわチキンだねー……でも当たりだよ、たぶんね」

「……」

俺は藍沢が可愛いから好きだ。だけどそれは決して恋愛感情じゃないし、あんな可愛い子が俺と話してくれる事を精々ご褒美だと思ってるくらいだ。あの子のために俺が身を削ってでも何かをしようとは思わない。

だけど、このまま今のようにトラブルに巻き込まれんのは迷惑だな……本当なら芦田もあんな喧嘩になりかねない真似をする必要は無かったと思うし。現実的に考えてこのまま静観を貫くのは頭の良い選択じゃなさそうだな。

でも芦田のお陰で、少なくとも藍沢が有村先輩の事をまだ嫌ってないという事を知った。そうでなけりゃあのように先輩を擁護するような事は言わねぇだろ。よく分からんけど頑張ってくれた芦田には感謝しよう。

多分もう、この状況を打開する事ができる。

◆

昼休み。藍沢は教室に来なかった。俺はそんな事は気に留めずに校舎裏の東屋の下に向かった。俺の願いが届いたのか、藍沢はそこで食事もせずに座っていた。やぁ！　俺のために待っていてくれたんだね！　……死ねよ俺。

「さっきはうちのスードラが悪かったな、藍沢」

「す、すーどら？」

目を丸めた藍沢は心底不思議そうな顔で俺を見上げた。くっそ、可愛いな。よくもまぁ有村先輩は他の女に現を抜かしたもんだ。まあ相手があの夏川愛華なら仕方ないな、特別に許してやらんことはない。もっとも藍沢がどうかは知らんけど。

俺はいつも通り少し距離を開けた場所に座る。対して藍沢はいつものような元気の良さが無かった。落ち込んだ様子で黙ってそこに座っている。ついさっきまでは藍沢にこんなシリアスな一面があるなんて思ってもみなかった。

「……佐城くんは、さ。私と居るとき、あんまり夏川さんの話しないよね」

「女子と居るときは他の女子の話をしちゃいけないって教育されたから」

「ふふ、優秀な教育者だよね。その人」

弱々しく笑って藍沢は俺の冗談に付き合ってくれる。藍沢には疑いばっか持ってたけど、それなりに女神の片鱗をのぞかせている。いやもう、何でこんな健気っぽいの？　出会って過去イチ可愛いんだけど。

「でも、好きなんだよね？　夏川さんの事」

「やっぱりわかんの？」

「知らない人なんて居ないよ。いっつも一緒に居たじゃん」

「ぐはっ……」

やめろ、その言葉は俺に効く。自分のポテンシャルを考えず身の程知らずの言動を繰り返していたという恥ずかしい過去。どうかそれについてはもう触れずにそっとしておいてください。今はいちファンとして崇めペンライト振り回しております。そーれっ、そーれっ。

「藍沢と元カレさんの事も、知らない奴なんて居ないと思うけどな」

「そっか……そうだよね」

俺知らなかったけどな。どの口が言ってんだっていう。その時は夏川しか眼中になかったんだよマジで。俺の視界には一人の女しか映らねぇからなァ……これは鏡見ながら言ったら絶望するパターンですね。

……さて、状況を整理しよう。

藍沢は有村先輩の事をまだ忘れる事ができてない。何ならまだ好きなんだきっと。それなのに別れを切り出したのは藍沢の方だという。んで、実際に有村先輩の口から聞いた、好きな人は〝一年の夏川〟という言葉。恐らくこれに一連の出来事は端を発した。

藍沢と有村先輩はたいそう仲の良いカップルだった。だけどある日、男ならではの醜さが発動して有村先輩は夏川に一目惚れしてしまったんだ。仕方ない、可愛いし綺麗だし格好良いもの。

それに気付いた藍沢は有村先輩と喧嘩し、本意じゃないのにも関わらず別れを切り出した。自分だけを見てくれないのが嫌だったんだろ。そして、有村先輩もまた自分の不甲斐なさを感じて藍沢の要求にあっさりと応えてしまった。それが最近の藍沢の行動に繋がる。まぁ予想でしかないけど。

とにかく藍沢レナは、夏川愛華に対して恨みを持ったんだ。

だからこそ藍沢は夏川の近くに居る俺に目を付けた。夏川愛華と佐城渉をカップルだと勘違いして、俺を略奪しようとしたんじゃないか。フツメンにしか見えない俺はさぞ奪い取りやすそうに見えただろ。はい、奪われそうでした。

情報が確たるものじゃないまま曖昧なまま仕掛けた理由は俺が夏川に執心してたのと同じ理由だ。藍沢も有村先輩しか見えてなかったんだろう。余所の男女関係なんて本当は心底どうでも良いに違いない。

佐城渉を奪ってしまえば夏川愛華は傷付き悲しむと思った。やがて藍沢は俺さえも捨ててしまい、二人の関係をバラバラにしてしまうまでが彼女の逆復讐劇。

「多分、佐城くんは私の事なんかどうでも良いよね……夏川さんが居るし」

「………」

藍沢が見せる諦め。自分にも愛した人が居るからこそ、自分じゃ俺の心を変える事が出来ない。恋愛経験から俺の心を読んだつもりなんだろう。そこそこ揺れたけどな俺。

じゃあ、俺はこの後どう彼女と接すれば良いのか。目を背けたいほど平凡な俺には些かハードルが高過ぎる。どうでも良くないなんて言ってしまえば二人の女子を気にかける優柔不断男になってしまう。何より何様のつもりなのだよ。なのだよって何だ。

男子生徒Aの俺にできる事はなんだ。分からない。俺がして来た事はなんだ。夏川の追っかけ。何だそれ。

誰かに説ける経験則も無ければ俺自身の考えとかも無い。そう、俺にはそんな特別なもんなんて無いんだ。こんな奴が全てを丸く収めるにはどうすれば良いか。俺の手元には限られた手札しかない。

「………」

そうだ。藍沢もこの底無し沼に引き摺り込もう。

◆

儚げに俯く藍沢の横顔を見つめる。まつ毛超長い。え？　こんなに可愛かったの？　全然見向きしちゃうんだけど。

ぐらっぐらの心をガシガシ揉んで頬を両の指先でグリグリしてから気合いを入れ直す。さあ正念場だ。

「藍沢……俺さ、夏川と出会う前に、別の奴にこっ酷く振られた事があるんだ」

「え、佐城くんが？」

「そう、中学時代の話」

俺はアイドル夏川愛華のファンだ。彼女への好意は恋を超越し、もはや愛していると言っても過言ではない。だから伝えるんだ、夏川愛華は人に恨まれるような奴じゃないんだという事を。

「酷い振られ方だった。『アンタみたいなキモい奴』だとか、『どの口が言ってるんだ』とか、とにかく俺そのものを否定するようなフラれ方をしたんだわ。今思えばあんま間違ってないんだけど」

「そ、そんなことは……」

「挙げ句の果て、廊下を歩いてたら俺をフッた女が彼氏を連れて俺の前に現れた。『よくも俺の彼女に気持ち悪い事しやがったな』って」

「…………」

「俺は殴られて吹っ飛んで、後ろを歩いてた夏川愛華の胸に顔から突っ込んだ」

「えっ」

「夏川は悲鳴を上げて怒って、俺に渾身のビンタを食らわせた」

「ええっ⁉」

「俺は惚れた」

「何で⁉」

「冗談だよ」

殴られて吹っ飛んだ先に、夏川愛華は居た。彼女は驚いてその場に居た俺達に事情を質し、例の彼氏は俺を指差しながらキモい事をしたんだと高らかに叫んだ。

夏川はその彼氏にキレた。俺をフッた女子にもキレた。『お前達のした事は人の尊厳を踏み躙る最低の行為なんだ』と、夏川もまた高らかに叫んだ。

才色兼備な彼女の怒りに多くの生徒達が賛同した。そのおかげで俺は救われ、もっと夏川の事を知りたいって思って、追いかけ始めたんだ。

――――というデマカセを藍沢に力説する。

「――――夏川愛華はただ可愛いだけじゃない、佳い女なんだ。俺はそんな彼女のためなら何でもできる自信がある。俺が何かしなくても、夏川なら自分でどうにかしそうだけどな」

「……そっか、そうなんだ」

俺の言葉に、藍沢は地面に伸ばしていた脚を上げ、東屋のベンチの上で膝を抱えた。藍沢には夏川を悪く思って欲しくない。だから、俺は夏川を〝失恋した人の気持ちが解る女〟に仕立て上げる。いや、実際に解るはず……！　だって夏川だもの！

「だから、俺は夏川の熱狂的なファンになったんだ」

「うん……うん？」

こればかりはちゃんと伝えなければ。俺は決して夏川の彼氏じゃないし、なれない。俺はもう手の届かない存在を掴もうと必死な姿を見せて人を笑わせる一発屋芸人じゃないし、クラスの盛り上げ役を買って出るつもりもない。そんな普通のクリーチャー。間違えた人間。

「……え？　ファンって何？」

「夏川愛華はみんなのアイドル、俺は誰よりもファンである自信がある」

「ちょっと待って。夏川さんと付き合ってないの？」

「夏川と付き合って良いのは俺が認めたイケメンだけだ！」

「いやそうじゃなくて！」

さあ戸惑え藍沢レナ！　俺のアイドルこと夏川愛華に害を為そうとした罰だ！　自分の勘違いを思い知るが良い。顔を赤らめろ！　ああっ！　ああ可愛い！！！

「みんな知ってる事だし、藍沢の場合は彼氏しか見えてなかったから知らなかったんじゃないの？」

「え……？　そう、なのかな」

「夏川は良いぞ。仮に俺に別の彼女が居たとしても夏川を応援し続ける自信がある」

「え、ええ⁉　それは女の子からしたら複雑だよ……」

「男なんて皆そんなもんだ。ていうか彼氏が居るのにイケメンアイドルに没頭する女子だっていいんだろ？」

「う……そう言われたら」

仮に有村先輩が本当に最低な男なら藍沢に別れを切り出されても納得せずキープとして関係を維持するはずだ。男だって自分のステータスとして彼女の有無は気にするだろうし、何より藍沢はこんなにも可愛い。本当に夏川愛華に惚れてしまったからといって他の女なんてどうでも良くなるのは男の性質じゃない。欲張りなんだ俺達は。

見た目は内面の一番外側。特に髪型を弄ったりオシャレをしてるわけでも無いのに、有村先輩には〝頼れる年上〟のような格好良さがあった。あの時は好きな女子を訊かれて夏川って答えてたけど、当分彼女を作るつもりはないんじゃないか。それこそファンのような気持ちで答えたんだと思う。だけどその感情すら有村先輩にとっては藍沢に対する罪悪感へと変わってしまった。もしそうなら全てはチャンチャンと片付く。

「お。昼休みが終わるな」

「お昼食べれなかったね。ごめん……」

「気にすんな。芦田には俺からまた文句言っとくわ」

「あ、やめて……たぶん芦田さんは夏川さんの事を守っただけで、悪気は無かったと思うから」

「え、芦田が？　守った？」

俺は、芦田は敵意と悪意のみであんな言葉を言ったんだと思った。だって芦田は俺が夏川と付き合ってない事を知っているし、夏川が俺を嫌ってる事も知ってる。藍沢が俺を奪おうとしても夏川が傷付く事はないって知ってるんだ。どういう事かよく解んねぇな、やっぱ女子には女子にしか理解できないもんがあるんだろうな。

「まぁ良いや。んじゃな、あんまり男に期待してると無駄に傷付くぞ」

「余計な一言言わないでよー。佐城くんもね」

「俺は大丈夫」

期待もしないし、本気にもならない。仲の良い関係を築けただけでも御の字だ。お陰様でここ最近で寿命が五年くらい伸びたような気がする。わかってて騙されるのって案外心地良いもんだな。

去って行く藍沢の後ろ姿はすっかり元気を取り戻していた。今の藍沢を見ていると、あの間延びした喋り方はやっぱり素だったんじゃないかって思う。愛嬌だけで騙そうとするとか本当に恐ろしい。俺の目は節穴でした。

この東屋は本来藍沢と有村先輩の思い出の場所。場合によっちゃ俺はもう近づかない方が良いかもな。ぶっちゃけ、誰かに誘われない限りこんなとこ自分で来る事はないだろうし。

俺がもし夏川を追い掛けてなかったら。藍沢は俺に近付こうともしなかったし、こんなに面倒な思いをしなくて良かったかもしれない。可愛い子と知り合えたって点は狂喜乱舞、布団でバタバタするレベルだけど。今回ので少し解った、やっぱり身の程を知るって事はトラブル回避という意味じゃ大切な事なんだろ。

「……」

そして、始めからそうしてたら。こうして少し寂しい思いもしなくて良かったかもしれない。おい、やっぱり期待してたんじゃねぇか俺。

4章❤女神の心情

机に肘をつき、スマホを弄る。生憎とハマるようなアプリを入れているわけでは無いし、長い時間画面を見続ける集中力があるわけでもない。

こうして教室の後方で暇を持て余すと、周囲をゆっくりと見回すことがある。そうしていると、やっぱりどうしても今までと違う静けさに違和感を覚えてしまう。

最近、渉の様子がおかしい。

いつもならどんなときでも私に付いて回り、歯の浮くようなセリフを連発していたのに。ある時からそういったウザさが全く無くなった。いや全くじゃないけれど。それでも最初は珍しいなって、少し喜んだ。

きっかけは多分あの日。その日から明らかにアイツの様子がおかしくなった。随分冷たい言葉を浴びせてしまったのを憶えている。妙なモヤモヤ感が嫌で、思わずアイツの家まで押し掛けてしまった。外で話せると思ったらまさか家に連れ込まれるなんて思ってもいなかったけど。

『好きだ。俺と付き合ってくれ』

今まで幾度と無く聴かされた言葉。あの日を境に、アイツはそういった想いを伝えるのに大事な言葉を一切話さなくなった。そう言えば、あの時はやけに真剣味を帯びていたような気がする。でも、私はまたいつも通りの言葉だと思って突き放した。それでも私はあの時の自分が間違っていたとは思わない。

『——だから、空気を読む事にするわ』

空気を読むって何？　いったい何の空気を読むの？

訊きたい事はあったはずなのに、私はアイツの家族の手前、あまりの居たたまれなさにその場から逃げ出してしまった。よく分からないけどあの時はアイツに強い怒りを抱いたのを憶えている。

『ねぇ、佐城くんだよねー？』

ある時から、渉の元に可愛い茶髪の子が現れるようになった。どうやら藍沢さんというらしい。アイツも戸惑っていたから知り合いじゃないんだと思ったけど、それからアイツは毎日のように彼女と何処かへ行くようになった。訊いてもいないのに、何故かクラスのあまり話したことない子が教えてくれた。

「………」

静かだ。

何時もはアイツがしつこく話しかけて来てなかなか食事が終わらなかったりした。あんなにも昼休みを短く感じていたのに、最近はものの十五分で食べ終わってしまう。それはそれで時間が空いてしまい、何をすれば良いのか分からなくなってしまう。居ても居なくてもアイツは私にとって迷惑な男なんだ。

アイツは今頃、あの藍沢さんとかいう子と楽しく喋っているのだろう。

「……デレデレしちゃって」

「あっれー？　愛華ちゃんヤキモチですかー？」

「なっ……圭⁉　ち、違うわよ！　何で私がアイツにヤキモチなんか！」

「さじょっちが居ないと静かだねー。愛ちも寂しいんじゃないのー？」

「ウザいのが居なくなって清々してるわよ！　変なこと言わないでよ！」

「そんな怒んなくても良いじゃーん」

圭は度々私とアイツを見てニヤニヤしながら近付いて来る。大方私たちの事を夫婦漫才か何かと思ってるんだろう。別にアイツは彼氏でも何でもないのに圭は時々こういう風にからかって来る。圭の事は信頼してるけどこれはこれで迷惑だな……。

思ったそのままの事を伝えたけど、圭は気にも留めずに「ところでさ、」と言葉を続けた。

いや聴きなさいよ。

「さじょっちの周りをチョロついてるあのコ、この間まで彼氏と腕組んで毎日廊下歩いてたよね」

「え、彼氏？」

そう言えば……校内の廊下を堂々と腕を組んで歩くカップルが割と最近まで居たような気がする。

でも待って。確か彼氏の方は一年じゃなくて先輩なのよね。

何で最近まで彼氏に寄り添われていたような子がいきなりアイツの元に来るようになったの？

「彼氏と最近までイチャラブしてたのに、いきなりさじょっちに近付くなんておかしいと思わない？」

「あ、あの子が何か企んでるって言うの？」

「うん。でも多分……企んでるんじゃなくて既にさ………」

私が訊き返すと、圭は返事をしてからブツブツと何かを呟き出した。いったい何なのよもうっ……！

本当にあの子が何かを企んでアイツに危害を加えようとしているならどうにかする必要があるんじゃないの……？　べ、別にアイツの事が心配とかじゃなくて！　私にも被害が

来ないようにするためよ！

「あ！　さじょっち帰って来たよ！」

「えっ……！」

「じゃあアタシ席戻るね愛ちっ」

「え、ちょっと圭……⁉」

圭は小声で私にアイツの帰りを知らせると、そそくさと弁当を片付けて自分の席へと帰って行った。最後まで付き合いなさいよもうっ……！　私一人に任せる気なの⁉

アイツは席に着くと、さも何もなかったかのように次の授業の準備をし始めた。ちょっと……何で今日に限っていつもみたいに話し掛けて来ないのよ！

「――ね、ねぇ……ちょっと」

「ん……？」

自分から話しかけるのは変な感覚だ、妙なむず痒さを感じる。それでも、幾らムカつく奴だとしても危害を加えられるかもしれないって分かってて見過ごす事は出来ない……！

「あ、アンタ……毎日藍沢さんと食べてるの？」

「毎日ってほどじゃないけど……まぁ大体は」

え、ちょっと……何でコイツはこんなにあっけからんと答えられるのよ！　私の事が好

きなんじゃないの⁉　普通そういう事って距離を置かれないために誤魔化したりするわよね⁉

「そ、外で食べてるのよね？　二人で出て行くところを見たって子が居て……」

あたかも自分から気にしたわけじゃない体を装って尋ねる。私が気になったなんて言った日には絶対に調子に乗る事が分かっているからだ。そうはさせない。

「そうだな、間違ってないぞ」

「っ……そ、そう」

だから何でコイツはっ……！　こんなあっさりと女の子との関係を認めるのよ！　私をどうこうする気あるの⁉　普段から女神女神なんて言ってるけど、ホントにそう思ってるわけ⁉　まさか今までのが全部冗談だなんて言わないわよね⁉

私と一言二言交わすと、渉は珍しく私から視線を外して顎に手を当てて何かを考え始めた。コイツ、こんな仕草もできるのね……や、別に馬鹿にしてるんじゃなくて。

「なぁ夏川。前から藍沢の事は知っていたのか？」

「え？　ええ、知ってたけど……何でよ？」

急に意味深な事を私に尋ねて来た。思わず知ってるって返してしまったけど……まさか、コイツもあの藍沢さんの事を怪しく思ってるの？　そうじゃないとあの子の昔の事なんて訊かないわよね……？

——何て思っていたら、コイツは惚けたことをのたまった。

「知りたいんだ、藍沢の事を」

「ッ……話すわけないでしょこの馬鹿！　女の子の尻追いかけるのも大概にしなさいよ！」

怒りで頭が真っ白になってしまう。何で私がこんなにも憤っているのか。それはたぶん、せっかく人が心配してやってるのに、何も考えず会ったばかりの女の子にコイツがデレデレしているからだ。こんな思いをするならわざわざ忠告しようだなんて考えなければ良かった!!

今はコイツの顔なんか見たくない。私は勢いを付けて席を立つと、一目散に教室から飛び出した。

◇

渉はもう毎日のように藍沢さんとお昼を食べている。きっと人の気も知らないでデレデレと幸せな日々を送ってるのよ……！

と思ったけど、それは最初の数日だけでお昼のパンを買うと教室に帰って来るたびにジッと考え込むようになった。あんなに可愛い子と毎日過ごせて幸せなはずなのに、どうしてあんな顔をするのかわからない。

……謎だわ。いつもは頼んでもないのにアイツがペラペラと喋りかけて来るものだから分からない事なんてなかった。でもアイツは最近隠し事が多い。いつものように何もかも喋れば良いのに。

ついアイツの方をチラチラと見てしまう。こんなの私じゃないっ……！　何でこんな思いをしなくちゃいけないのよ！　それもこれも圭が変な事を言うからよ！

「……戻って来たと思ったらなーにしかめっ面で考え込んでんの？　さじょっち」

「キャッ……！」

圭が私に抱き着きながら隣の渉に話しかけた。突然の事で変な声が出ちゃったじゃない……！　圭のこういうところは心臓に悪いから本当にやめて欲しい。アイツに話し掛けるならアイツにすれば良いのに……って、そんなの駄目に決まってるでしょ！　何考えてんのよ私！

渉は圭に話しかけられてこっちに顔を向ける。視界に私と圭を捉えると、今は構ってる暇なんて無いと言うかのように顔の向きを戻して、面倒そうに口を開いた。な、何なのよその感じ……。

「俺の身分について」

たぶんだけどアイツは考え事と圭との受け答えを同時にして返事がおざなりになったんだと思う。それが気に食わなかったのか、耳元で圭が小さく『むぅ』って嘆いた。

「平民は黙って勉強してな」

「おぅうるせぇぞスードラ」

「よぉし！　その喧嘩買った！」

「やめなさい、アンタ達」

圭が飛びかかりそうになったから二人を止める。渉が私を放っておいて圭と仲良く話すなんて良い度胸してるわね……圭を抱き着かせるなんて私が許すわけないじゃない！　これ以上アイツが変態にならないために口を挟んだだけよ！

私から離れて不貞腐れた圭はジッとアイツの方を見つめると、何かを思い付いたように手を叩いてからアイツを指差して大きな声で叫んだ。

「あ、分かった！　さては前に訊いてきた藍沢さんの事気にしてるんでしょ」

ちょ、ちょっと待ちなさい……！

どういうこと……？　前に訊いて来たって、アイツが圭に藍沢さんの事について訊いたってこと？　圭も何を教えたの？　まさか前に私に話してた事をそのまま教えたの……⁉

「え？　あ、おう……まぁうん、そうだな」

圭のノリと勢いに押された上にたぶん当たったんだろう、アイツは何も言い返すこともせずにあっさりと頷いた。そしてそのまま視線を右往左往させると、急に真面目な顔になって私達の方を見つめて——ちょ、ちょっと急にそんな顔しないでよ、驚くじゃない……。

「二人に質問がある」

「な、何よ急に……」

言い返してみると渉はしっかりと私に目を合わせた。おまけに滅多にない真面目な顔を向けられたせいで自分が動揺してるのがわかる。

だけどアイツが何かを言いかけた瞬間、私達の視界に明るい茶髪の女の子が入ってきた。その子は教室に入るなりアイツを見ると、そのまま後ろから近付いて——え!?　藍沢さん何やろうとしてるの!?

「藍沢と有む——」

「さーじょーおーくーん!!」

「うわっ!?」

藍沢さんは席に横向きに座るアイツに後ろからのしかかり、抱き着くようなかたちで渉のことを呼んだ。

えっ、え……？　何やってるのこの子！　そんな体勢で覆(おお)い被(かぶ)さったりなんてしちゃったら……！

「あ、藍沢さん⁉」

「あ！　もしかしてお話し中だったー？　邪魔(じゃま)してごめんねぇー！」

「あ、いや別に大丈夫(だいじょうぶ)だけど、さじょっちだし」

大丈夫じゃないわよ！　コイツの顔見なさいよ！　頭の後ろにむっ、胸を押し付けられて喜んでるじゃない！　って何喜んでんのよコイツはッ……！

「……藍沢どいて。柔(やわ)っこい」

「うわ変態」

「死ねば？」

　気が付いたら息をするように渉を罵(ののし)っていた。不本意だけど身近な男の子が誰かにデレデレとしてるところが鼻についたのかもしれない。どうしてアンタはそう素直(すなお)に感想が言えるのよ……！　っていうか何で責められてちょっと顔を綻(ほころ)ばせてるのよ！

「まだ昼じゃないけど、どうしたんだ？」

「べっつにー？　佐城くんとお話ししたいなって思って」

「そ、そうなの……？」

変態の問いかけに藍沢さんは誘惑のような言葉を返す。あまりにストレートで好意的な言葉に変態も顔を赤くしている。何照れてんのよ……スケベ。

でも、何だか渉も藍沢さんの事を信じ切れてはいないように見える。疑うというよりも、藍沢さんが何をしたいのか解らないって言いたげな顔をしてる。ちょっと、アンタ本当にいろいろ考えてるんでしょうね？　それでもどこかちょっと嬉しそうなんだけど！

いい加減渉のだらしない態度が見ていられなかった。どうにも一言いわないと気が済まない。一歩踏み出そうとすると、私より先に圭が前に出た。

「じゃあさじゃあさっ！　藍沢さんが元カレと別れた原因教えてよ！」

「っ……」

ちょっ、ちょっと何訊いてんの⁉

え？　軽々しく訊いちゃ駄目な内容よね……？　アイツも凄く驚いた顔で圭を見てるし……私の考えが間違ってるわけじゃないわよね？　圭ってこんな他人の事情に踏み込むようなタイプだったっけ……。

「え、えー⁉　突然そんな事訊いちゃうかなー？」

ほら見なさい！　藍沢さんだって言いづらそうな顔をしてるじゃない！　きっと誰にも触れられたくない内容だったに違いないわ。だから圭、さっきの質問は無かった事にして別の話を――

「良いじゃん良いじゃん！　どうせ今はさじょっちにお熱なんだしー？　ね？」

「えー……？」

……え？

藍沢さんがアイツの事を好き……？　い、いえ嘘よね？　圭も藍沢さんは何か企んでるって言ってたし、何よりアイツに惚れるっていうのが信じられない。少なくとも他の女の子を日頃から愛してるなんて公言してる男の子を好きになるとは思えない。

「そ、それはぁ～……やっぱりアタシに駄目なところがあったから？」

「へぇ～、何だか健気だね。そんな藍沢さんを振った元カレって最低だねー！」

「そ、そうだねー」

け、圭？　ちょっと首を突っ込み過ぎじゃないかしら？　藍沢さんが何か企んでたとしてもかなりデリケートな話だと思うんだけど……ほら、渉もちょっとマズいって顔してるじゃない。寧ろ藍沢さんと圭との板挟みになってて可哀想に見えてき――ざ、ざまぁ見なさい！　女の子にデレデレしてるからそんな目に遭うのよ！

「でももうさじょっちが居るから大丈夫だね！　そんな女の敵みたいな男さっさと捨ててさ、さじょっちと幸せになりなよ！」

「……」

「ちょ、ちょっと圭……！」

勇気を出してと言うより、無意識に圭を止めていた。いくら親友の言葉だとしても、わざわざ大きな声ではっきりと言うことじゃない。藍沢さんの方を見ると、私の嫌な予感が当たったのか肩をわなわなと震わせていた。

「……！」

手を伸ばして圭の口を塞ごうとすると、圭はその私の手を掴んで胸に引き寄せてギュッと握った。ちょ、ちょっと圭……？　いったい何を考えているの……？

「――……ないで」

「えっ？」

「元カレの事、あんまり悪く言わないでくれるかな」

呆然としてしまったのも束の間、恐れてた通り藍沢さんは明らかに不機嫌な顔で刺々しい態度になって足早に教室から出て行った。あまりの展開に私は圭とアイツの顔を交互に見ていた。そうしていると、圭が藍沢さんを怒らせたのには何か思惑があるように感じた。

「追いかけなくて良いのー、さじょっちぃー」

「やだよ、怖い」

「うわチキンだねー……でも当たりだよ、たぶんね」

この期に及んで圭は藍沢さんを気遣うような事を渉に言っている。渉もまた、情けない事を言いながらも藍沢さんが出て行った先を思い詰めた顔で見つめていた。

解っていないのは私だけ……？　圭が色々考えながら行動に移してるって事は私は何となく解る。たぶん、圭は藍沢さんが何か企んでるんじゃないかを探ろうとしてたんじゃないか。だとしたら、私はもしかしたら藍沢さんに気を遣ってる場合じゃないのかもしれない。

じゃあ、渉は……？

ねぇ、アンタは何を考えているの……？　いつもはヘラヘラしてふざけてばっかりじゃない。藍沢さんの事を好きになったの……？　だからずっとあの子に付き合い続けてるの……？

5章♥……♥現実的に考えて

藍沢事件（※布教活動）から三日が経った。あの日の翌日から藍沢は現れなくなり、寂しくもあるけど俺の心臓に優しい日々がまた戻っていた。

さて、何の因果かは知らないけど、あの日を境に朝起きたら俺の弁当がワンコインに変わっていた。お袋や、アンタもしかして一部始終を見ていたのではないかね？

それが何を意味するか。どうやら俺は、戦地に赴かなければならなくなったようだ。

「――ふんぬぉおおおおっ……！！」

俺だけじゃない、猛者たる漢達は持ち前の体躯を使って前方へと押し進んでいる。そんな得体の知れない奴らの背中を全力で押し込み、虎の威を借る狐と化しているのがこの私、佐城渉。やだ大っきい背中、こんにちはクズです。

血を見そうな思いをして手に入れたのは誰からも見向きされないバターロールやただの牛乳。どう考えてもこの売店は文化系向きじゃない。下手すりゃ骨折者が出る。でも大丈夫、お釣りは頂いたよお袋。

教室に戻ろうとすると、中から何やら騒がしい声が聴こえて来た。凄く聴き覚えのある声なんだけど気のせいかな？　どうしよう、戻りたくない。

「――やだやだ貰ってください！　これはご迷惑をお掛けしたお詫びなんです！」

「だから良いって言ってるでしょ！　私別に何もされてないわよ！」

「もう諦めて受け取っちゃいなよ愛ちー」

「何で圭がそっちに付くのよ！」

そろりと教室を覗くと、最近とても見たことがある茶髪ゆるふわ系の女子が夏川に迫っていた。聴こえて来る限りじゃ喧嘩してるっつーわけじゃなさそうだ。けど、少なくともそこに俺が加わったら面倒な事になるのは分かる。

「もぉ！　愛華様ここに置いときますからねっ！」

「あ！　ちょ、ちょっと待ちなさい！」

「ばいばーい、レナちー」

教室のドア横に隠れてると、最近まで俺とそれはもうイチャイチャしたりしなかったり(※してない)を繰り返してた藍沢が廊下に飛び出して来た。チラッと見えた横顔はとても嬉しそうに綻んでいる。そのまま俺とは反対側に向かうと、上級生の教室に続く階段を駆け上がって行った。元気良くて何よりだな。

本当に意味が解んなかったから平静を装って教室に入った。席に向かうと、当然ながら左隣に座る夏川が俺の存在に気付く。いつもなら視界に入るだけで睨み付けられるんだけど、今回はうんざりした顔で見られた。ありがとうございます、もっと。

「……今さっきまで藍沢さんが居たわよ」

「超元気良かったし、何か畏まってたんだけど……さじょっち何したん？」

「別に何も……ただ延々と夏川愛華の素晴らしさについて語ってやっただけだよ」

「ちょっと!!　なに話してんのよ！」

「えぇ……あんな可愛い子と食べててずっと愛ちの話してたの……マジさじょっちじゃん」

夏川愛華を布教するのがさじょっち。至言である。No.1のファンとしてはこれから積極的に引用していく所存である。でもちょっと信奉し過ぎじゃない？　どうして愛華様は購買で限定二十個のシュークリームを持っていらっしゃるのですか？　あの生きるために命を賭さないといけない戦場のような場所でいったいどうやって……。

シュークリームを見つめていると、力が抜けたように胸を撫で下ろしてる夏川と目が合った。

「ああこれ？　彼氏さんに貰ったんですって」

「ヨリ戻って良かったよねー」

「え、マジで？」

『マジでマジでー』と言う芦田の横で、夏川も本当だと言わんばかりに頷いた。有村先輩への好意がまだ消えてなさそうだったから、あわよくば元鞘に収まったら良いなって万事解決を図ったんだけど、まさか本当に復縁するとは思わなかった。高校生男子の程度の低さを語ったのが効いたみたいだな、うん。

「何でも共通の趣味ができたとかで喜んでたよ」

ほう、共通の趣味。俺と会わなくなってからできたんだろうか。そもそも藍沢が有村先輩と付き合ってた時にお互いの趣味を知らなかったようには思えないけど……。

『俺は……一年の夏川かな』

——あ。

「残念だったねさじょっちぃ～、レナちに見捨てられてかーわーいーそーぉ～！」

「ふっ、別に構わん。良い思いはしたからな」

「は、ハァ……!?　良い思いって何よ!?」

「レナち彼氏居るんだよ！　最っ低ー！」

表情を見るに芦田と夏川はエゲツない想像をしてるみたいだけど、残念ながらそれは違うんだな。藍沢みたいに茶髪でやんちゃそうに見えるのに愛想と愛嬌が融合したような存在はいかなる男子にとっても貴重な存在なんだ。もはや藍沢と話す時間を独り占めできただけでもご褒美。もう一生バターロールで良いや。ごめん、やっぱ無理。そんな男にとっての幸せを語って見せたところ、夏川と芦田からアホなものを見る目で見られた。

「結局収まるべきとこに収まったんだから良いだろが」

男が大切にする俗っぽい部分を否定された気がして思わずムッと言葉を返してしまった。モテない男にとっちゃ可愛い子と話せる機会があるだけで日々を生きる希望が持てるというのに。

「ふぅん？　じゃあアンタは藍沢さんにもう嫌われても良いんだ？」

「や、嫌われるのはそりゃ嫌だけど……でも期待はしないだろ。そもそもあんな可愛い子がいきなり親しげに話しかけてくれた時点で疑うし。藍沢は何か企んで俺に近付いた。俺は黙ってその企みに乗ってやる事で可愛い子と会話できた。デキる男の高等テクニックだな」

「……何か、アンタやけになってない？」

「いやいや、俺はデキる男としての余裕をだな――」

「違う、そういう事じゃなくて」

「……？」

何やら不穏な空気を感じて首を傾げてしまう。何で夏川は急に真顔になって俺に鋭い目を向け始めたのか。よく解らなくて芦田の方に目を向けると、こっちもどこか疑いを持った目で俺を見つめていた。

「ちょ、ちょっと待った。何だよ急に、俺にどうしろって言うんだ」

「別にどうとも言わないよー。さじょっちが散々愛ちの事を好き好き言ってたのに他の女に現を抜かしたところがキモいなんて思ってないよー」

「キモい……」

普段はおちゃらけてるはずの芦田の言葉が切れ味を持っている。中々俺の心に突き刺さる言葉だけど、それを改善しろと言われると難しい。自分の容姿やスペックを現実的に見れるようになった今、もはや手が届かないと分かってる夏川を本気で想えと言われてもゴールの無いマラソンを走り続けるようなもんだ。

「別に何も無けりゃ自分から関わろうなんて思わねぇよ。でも俺みたいなモテない奴には話せるだけで幸せな時間なの。良いじゃねぇか、さっきも言ったけど収まるべきとこに収まったんだから」

「私には理解できないわね」

「そりゃな。夏川には理解できないだろ」

「……」

反論すると夏川は強く俺を睨んだ。だって貴女モテるじゃない……廊下で色んなスポーティーな野郎共に連絡先訊かれてるの知ってんだからな！　二次面接は俺だからよろしく！

藍沢から話を聴いたとき、俺は彼女が有村先輩に高い理想を求めてるように思えた。だから有村先輩を含め、男っつー生き物はもっと下世話な存在なんだと熱く説明したんだ。ついでに夏川がいかに女神かも付け加えて（※メイン）。

藍沢は有村先輩に一度は別れを告げたけど、それでも胸に残った想いを消す事は出来なかった。だからこそ彼女は俺の話を聞いてもなお、男の醜い部分に理解を示してまで元の居場所に戻ったんじゃないだろうか。少なくとも有村先輩には藍沢を繋ぎ止めるほどの〝何か〟があったんだ。

けど俺は違う。夏川は別に俺に対して特別な想いなんてものは無いし、有ったとしてもそれは直ぐに無くなる。何故なら俺には彼女を繋ぎ止められるほどの〝何か〟は無いからだ。

「ちょ、ちょっと待ってさじょっち！　いま愛ちの事を〝夏川〟って……！」

「も、もう良いのよそれで！」

「ええ!?　今さら過ぎない!?」

「こ、これで周りに勘違いされなくなるわ！　清々する！」

「ちょ、ちょっと愛ちっ……！」

と、本人がおっしゃるもんだからそうしてる。当人同士の事情なんだから芦田もとやかく言えないだろ。

俺は夏川が望む方向に事を促した。すなわちWin-Winの関係だ。それなのに夏川が俺のやり方に理解を示してくれないのは何故か？

答えは簡単。過ごす環境やものの映り方が俺と夏川じゃまるで違うからだ。だからお互いの価値観に差分が生まれる。今まで理解し合えなかったのは当然だったのかもしれないな……。

「おお何だ佐城！　お前ついに夏川に嫌われたのかよ！」

食堂から帰って来た山崎が俺達の方を見て面白そうにからかって来た。その周囲で他のみんなも面白そうに俺達の方を見てる。最近は俺と夏川のネタが不足してたからな、この手を逃したくは無かったのかもしれない。

けどこれは良い機会かもしれない。また夏川の株が上がる言葉を言っても良いんだけど、今までの流れで急に夏川を褒めても不自然なだけだろうしな……どうしよう、よしこうしよう。

「山崎……今ちょっと離婚調停中だから黙ってろ」

「だ、誰がアンタと――――！」

「ギャハハハッ!!　お前何だよそれ！！！」

「俺は間男である山崎に二百五十万円を請求する……！」

「は？　ちょ、えっ？」

「山崎君サイテー!!」

「えええええええっ！！？」

この際、俺は別に理解されなくても良い。行くとこまで突き詰めれば俺や夏川は生きる環境さえ違うんだ。考え方や価値観が違ったって俺が夏川の事を一方的に想うことはできるし、いたずらに関わる事でいつか夏川を不愉快にさせてしまうなら――――

「夏川さん大丈夫なの!?」

「ええっ……!?　わ、私は別に……！」

端から眺めてるくらいが丁度いい。

「えー、席替えします」

それは突然の悲劇だった。今の俺の席は教室のど真ん中、夏川の右側に位置している。日頃彼女から漂う香りを愉しみ大興奮していたのだが（変態）、万が一にでも教室の隅っこになったりして離れた席になってしまえばもうそれを味わう事も出来なくなるし授業中に教師から指される事も無くなるし、不用意に弄られてクラスの笑い物にされなくなるんだ。あれ、喜んでね？

「はーい！　じゃあ次は――あ、佐城君ね……」

「え？　はい……」

各席に割り振られた番号のクジを引きに行くと、我らが担任の大槻ちゃんが俺の顔を見て先ほどまでの明るい顔を一変させた。

え？　何このガッカリした感じ。何か先生に変なことしたっけ？　したな、遅刻とか居眠りとか授業妨害とか。そりゃ嫌われるか。

「あの、先生」

「な、何？」

「俺、これからはちゃんとしますよ？　たぶん」

「何でたぶんなの……普通にちゃんとしてよ」

　向ける意識を１００とするなら今までは98くらいを夏川に向けていたからな、バランス良くステ振りした今なら夏川に会いたいという甘酸っぱさで朝も起きれなくなる事も無くなるだろう。元より夜はぐっすりです。

　黒板を見上げる。クジ引きはレディーファーストで行われ、女子全員の名前が机の配置を俯瞰した図にちりばめられている。右端から全ての名前を見て行くと、やがて夏川の名前を見つけた。

　なるほど、中央の後ろから二番目……って一つ後ろに下がっただけだな。あまり新鮮味がなくて席替えした実感が湧かないんじゃないかね……。

し、仕方ねぇなぁったくもうっ……！　俺がまた隣の席に座ってやんよ！　どうせ新鮮味が無ぇってんなら俺がまた夏川愛華というアイドルを引き立ててやんよ！

「①ね。はぁい、廊下側の一番前」

　ですよね。

前を見る。壁。右を見る。壁。無臭。

これ以上に無いくらい新鮮だ。入学してから三ヶ月、俺の周囲は初めて木造りの壁と話した事も無い生徒で埋まった。薄幸っぽい文学少女が左隣に座ったけど、警戒という名の見えない壁が話しかけるんじゃねぇぞとそびえ立っている。既に読書に没頭してるみたいだし、日常的に夏川関連で騒いでた俺は目に映るだけで煩わしいのかもしんない。露骨な嫌悪感が受け取れる。

や、別に構わないけど。寧ろこういう風に話した事もない奴に囲まれて黙ってた方が俺の根っこにある本来の俺らしい部分をアピールできるんじゃないだろうか。

肘をついてかったるそうにスマホを触る。そうする事で黙り込んでいても『あぁコイツは周囲に仲の良い奴が座らなかったんだな』と納得してもらえる。

内心ニヤニヤしながら『これが俺らしさか』と愉しんでいると、突如俺のケツに二発の衝撃が襲った。え、何ですかこの爆発力は⁉　まさか排泄物が急速生成されたというのか⁉

「やっほー、さじょっち」

「どちら様でしょうか」

無礼にもこの俺様のケツを椅子越しに蹴りつけたのは後ろに座る女だった。この女子生徒A……どうしてくれようか。

「あ、ひっどーい！　二人で愛ちを奪い合った仲じゃーん」

「ふん、奪われてなどいない。夏川が誰かの手に渡ることなんて有り得ない！」

「なぁにその自信……まぁ席離れちゃってドンマーイ」

「芦田こそな」

認めよう……芦田は間違い無く夏川に最も近しい友人だ。それは恐らく夏川本人も認めるところで、男である俺には話せないような秘密だって共有し合ってると思う。ま、全くけしからん！

「どぉ？　寂しい？　寂しいの？」

何とも嬉しそうに煽って来るもんだ。芦田もきっと夏川っつー友人を前に俺という存在が煩わしかったに違いない。何故なら夏川はいっつも俺とばかり話していたからなっ……あれ？　夏川の罵声しか思い浮かばないよ……？

だがしかし！　俺は寂しくなんてない！　たとえ夏川というアイドルと離れようとも、俺ほどのファンになれば遠くから眺めるお姿にも味があるというものだ！　うひひ、今日もふつくしい……！

「寂しくなんかねぇよ、お前が居るし」

アイドルを信奉する熱意はファン一人一人によって違う。だからこれは他の人間と共有し合うようなもんじゃないんだ。己(おのれ)だけの熱情を滾(たぎ)らせ、応援(おうえん)に乗せてぶつける事でそれは真価を発揮する……ここは本音を隠して場を流すのが真の紳士(しんし)というもの！

「芦田ぁ、お前も夏川を想(おも)うなら——あ？　んだよ目ぇ見開いて」

「へ⁉　——あ！　いいいやえっと‼」

「ちょ、あんまデカい声出すなよ……」

ふと気付けば鳩(はと)が豆鉄砲(まめでっぽう)を食ったような顔でこちらを見ていた芦田。突然過ぎて一瞬(いっしゅん)変顔でもしたのかと思ったが、話しかけてみると本気で狼狽(うろた)えてるようだったから違うみたいだ。全く常に騒がしい奴、やっぱバレー部だわ（偏見(へんけん)）。

「さ、さじょっち……愛ちじゃなくて、アタシでも良いの………？」

「は？　駄目だけど？」

何言ってんだコイツ。夏川の代わりが務まる人間なんて居るわけないだ——えちょっ、何で突然拳(こぶし)振りかざし痛っ⁉　何でいきなり背中叩い痛い痛い痛い痛いから何だコイツ！！？

◆

昼。一番前の席になった事と芦田による奇襲攻撃に疲弊した俺は、売店で菓子パンを買って教室じゃなくて別の場所で食べる事にした。芦田め、あれ以来強烈に鋭い目線を俺の背中に飛ばしやがる……。

さてどこで飯を食おう。この学校には中庭もあるし、表の校庭にも多くのベンチがある。大学を模倣した小さなキャンパスのような設計になってるんだ。夏が近付いてる割に今日は涼しい。どっか人の少ない木陰のベンチとかがベストかね。

「……ん？」

昇降口の出口手前の廊下を、腕章を付けた小柄な女子生徒がフラフラと歩いている。両手には何らかの資料だろうか、大量の冊子を抱えていて非常に危なっかしい。

右を見て、左を見る。よし誰も居ない、今なら不審な目で見られない。

「……あの、すみません」

「はひぃ⁉　だ、だれ⁉」

「……マジすんません」

まさか話しかけた本人に不審者を見るような目で見られるとは思わなんだ。あっは傷ついたねコレ。

彼女に近付こうとしていた足を止め、一歩、二歩と距離を取る。

「あわわごめんなさいっ……！　突然話しかけられて驚いちゃって！」

結構な距離で話しかけたんだけどな……それも向かい側から。どうやらそれでもこの子にとっては突然過ぎたみたいだ。俺の顔？　顔なのか？

やや癖っ毛のボブヘア、頭と同等の大きさの赤いリボン超絶似合っている。はい可愛い、お人形さんかよ。

「あの……重そうだなって」

「え⁉　あ、はい！」

「……持ちましょうか？」

どうやら俺はさっきの不審者のように見られた事がトラウマになってるみたいだ。五メートル近く離れたとこから恐る恐る話しかけるかたちになってしまった。もはや不審者じゃん。何だこの距離感。

「え、あの……悪いですし……」

「…………そっすか」

何だろう、ここ最近で一番フラれた気分になった。まぁこの反応が普通だよな。突然知らない男に話しかけられたらそりゃ警戒心しかないって。いやでも待てよ、俺は突然可愛い女の子に話しかけられたら警戒してしまう――それはつまり、逆を言えば彼女に警戒された俺は格好良いって事になるんじゃないか……!?

　ならねぇか。

◆

朝。先日と打って変わって朝から夏っぽい暑さだった。寝苦しさもあって、ただでさえ最近は規則正しい時間に起きているのに今日はご年配方がストレッチを始める時間帯に起きてしまった。いくら何でも早過ぎると思うけど眠くないし、普通に支度を始めるしかないんだこれが。

　家を出ようとした時に姉の楓がボサボサ頭のキャミソール姿で二階から降りて来て俺を一瞥し、『何だフツメンかよ』と落胆した姿がとても印象的だった。イケメン相手だったら絶対そんな格好で姿現さねぇだろ。

　エグめの角度で下がりつつあるテンションのまま家を出る。

　ラノベや漫画だと色んな物語の中で主人公達は運命の女の子と出会っている。それはもちろん主人公だからで、何の変哲も無い平凡な男子高校生っつっても作画は普通にイケメンだ。本当に米粒のような大きさの目をした主人公をアニメや漫画にしたところで売れるわけねぇからな。

だからこそ、アイツらは何ら働きかける事もせずに可愛い女の子とお近付きになれるし、働きかけた時の的中率は百パーセントと言っても過言じゃない。ってか的中しないと物語にならねぇし。

逆にガチで普通な奴がアクションをかけた時の女の子の反応が昨日の俺のアレである。

『はあ？　────キモっ』（誇張）

何つーか、大人しそうな女子にこの反応をされるのがツラいな、うん。あの後の菓子パンほど味気無く感じた事は無かった。気温を無視した肌寒さってあるんだな……金払って良いレベルの勉強だったわ。

「ねぇ」

いや本当に改めて実感した。夏川をどうのこうのと考えてたのはやっぱり思い上がりも甚だしかったんだなと。あれだけ自分を戒めたのにまだ足りなかったのかと。

「ちょっと」

席替えによって一番前の角っこになったのは良い機会なのかもしれない。俺から見てもあそこはクソ真面目な奴だけが喜ぶつまんない席だと思うし教師から名指しされやすいのも煩わしいけど、それを逆手にとって普通に真面目な生徒として新たな佐城渉を印象付けんのも良いかもしれないな。

「無視しないでよ！」

「グェッ⁉」

突然の息苦しさでカエルのような声が絞り出た。ぐふっ、喉仏が引っ込む……俺の声が透き通るようなソプラノボイスになったらどうしてくれるんだ！　もののけ的な曲唄ってやる……！

喉仏の恨み……どう晴らしてくれようか。華々しい歌手デビューを想像しながら後ろを振り向く。

すると目の前に映ったのは夏川の顔。

「……幸せ」

「近いわよ！」

「グォッホ⁉」

鞄でグイッと押された。そこ鳩尾なんですよ夏川さん……痛みより先に最近は奇襲でも流行ってんのかと強烈な疑問が湧く。だとしたら質が悪いし、相変わらず俺の鳴き声はカエルのままだった。

はりつめたー、ゆみのーグォッフェッホオエッ⁉

「激しい愛情表現ですね……」

「そ、そんなんじゃないわよ！」

「……そうだな、そうだった」

思わず癖で夢見がちの時のようなセリフを吐いてしまった。夏川の辛辣な言葉を聴いて一瞬で現実に引き戻される。そうだ、俺は俺の鳩尾に決めた鞄をハンカチで拭かれるような存在なのだ。てめぇハンカチ。

「……流行りに乗るのは良いけど、しっぺ返しを食らわないようにな」

「ちょ、何で私が悪いみたいに──って、ちょっと待ちなさいよ！」

「なに、何の用だよ」

朝からガッカリされたり気持ち悪がられたり鞄で殴られたり。いくら夏川のファンでも気丈に振る舞うには無理がある。

気付いた時にはつい目も合わさずに冷たく突き放すような態度を取ってしまっていた。

あ、これヤバくね？　夏川を怒らせてしまうんじゃ……。

「っ……そんな、怖い顔しなくても良いじゃない……」

「……え？」

予想だにしていなかった可愛い声が聴こえて思わず振り返ってしまう。そこには拗ねたように顔を伏せる夏川の姿。え、ちょ、何それ可愛いんだけど。

「ど、どうかしたのか？」

俺の事なんてどうでも良いはず。そんな奴に邪険にされるような態度をとられたところでどうも思わないはず。いったい夏川の中でどんな心境の変化があったのか。

「どうかしたのはアンタの方よ……前まで気持ち悪いくらい付き纏ってたくせに……」

「あ……」

未だ嘗てないほど感情的な顔を向けられて動揺してしまう。今までに無い展開で何の言葉も思い浮かばない。驚きのあまり口をパクパクとしかできずにいると、夏川は俺を強く睨んで先に行ってしまった。

……おかしい。夏川に付き纏うのをやめてもう二週間にもなるけど、思ってたより夏川や周りの反応が予想と違う。俺という邪魔者が居なくなってクラスのアイドルとして人気者になって、俺の事なんか速攻で忘れるくらいになると思っていた。

「………解らん」

そもそも彼女は何で俺に話しかけて来た？　俺が煩わしかったんじゃないのか？　そんな奴が前に居たら俺だったら見つからないように別の道を通ったりする。面倒な思いをするくらいなら時間を無駄にしてでも遠回りした方が良い。

訊いてみるか。

別に俺の考えなんて隠すような事でもないし、一人くらい俺の考えというか思惑を知る人間が居ても良いんじゃないか。女子の考える事なんて男が考えたところで難しいだけなんだから、さっさと別に誰かに訊いたって罰は当たんないだろ。

◆

「夏川って俺のことどう思ってるんだろうな」

「気持ち悪いんだと思うよ」

「……………」

激しく人選を間違ったのではないかと思う。こう、もっと人の心を慮ってくれるような奴に訊くべきだったたと思う。率直に答えるにしても本人が目の前に居るんですけど少しはボカせよ芦田コラァ。

いやいや落ち着け。大人。そう俺は大人なんだ。ここは余裕を持って全てを受け入れる器を見せ付けるとき……！

「……そう、気持ち悪いと思うんだよ俺は」

「さじょっち……何だかアタシが悲しくなって来たよ」

ええ……やだ、芦田の時点で難しい。おたくが気持ち悪いって言ったんじゃないですか。そんな可哀想な目で見ないでくださいよ……ええい気を取り直せ。俺は相談してるんだ。何を言われても動じるな。

「普通はさ、キモくて煩わしい奴に冷たくされても何とも思わなくない？」

「は……？　ちょっと待って。さじょっち、愛ちに冷たくしたの？」

「……出会い頭に気持ち悪がられた挙げ句、鞄で鳩尾突かれたら流石の俺でも冷たくするだろ普通」

「あっ、あー………」

何かを察したように顔を手で押さえる芦田。一頻りうあうあ言うと、考える素振りを見せて悩ましげな顔で俺を見上げ、両手をパンッと合わせた。

「その、愛ちに悪気は無いと思うんだ。そこは広い心でさっ」

「大丈夫気にしない、夏川だから」

「気にしなよ、何なのその愛ちの特権」

呆れたような目で見て来る芦田。ちょっと待て、何だそのいかにも理解しがたいような奴を見る目は。女神様の御手ぞ、お鞄ぞ。一定の層に大人気ぞ（※一定の層）。

「解らないのがその後だよ。ど突かれた勢いでちっとばかし低い声が出ちまったんだが、夏川が不貞腐れたような可愛い反応をしやがったんでぃ。オイラをキュン死にさせるつもりかい」

「さじょっち、別に抑えきれない興奮を泥臭い丁稚キャラで相殺しようとしなくて良いから」

「要は、殴るほどキモいなら冷たくされたところで別にどうとも思わないと思うんだ。一思いに突き放された方が俺としても潔くて助かる」

「……」

普通そうだろ？　っと芦田に問い掛ける。意外そうな顔で俺を見てからまた難しそうな顔で考え始めた。何で俺の顔を見ながら？　今は夏川の考えてる事を知りたいんだけど。

「ねぇ、やっぱりその名字呼びの理由訊いても良い？」

「勘違いされるし迷惑って言われたから」

「最近、愛ちにアプローチしないね？」

「いい加減フラれまくったからな」

「そんなんで諦めるさじょっちじゃなかったじゃん」

「終わりが来るなんて当たり前だろ。この先もフラれ続けるのかと思うと辛いし、好きでもない奴に纏わり付かれる夏川もいい加減迷惑だろうと思ったんだよ」

「……納得したよ」

芦田は俺の言葉を聴いて苦虫を噛み潰したような表情になった。何ともコロコロと変わる表情だ。普段明るい奴にこんな顔をされるとこっちまで気が滅入りそうになる。

そんな俺の気持ちが顔に出たのか、芦田は顔を背けて自分の頬をむにむにと揉みほぐし、振り返っていつもの明るい表情を見せた。や、別に無理して取り繕わなくて良いんだけど。

「愛ちの態度も悪いとは思うけど！　さじょっちも悪いと思うな！」

「な、何でだよ」

「さじょっちが纏わり付いたせいで周りが遠慮したから、愛ちの学校で話す相手は限られてるんだよ！　アタシとさじょっちしか話し相手が居ないようなもんなのに、愛ちが突き放せるわけないじゃん！」

「お、俺が付き纏ったせいで……？」

芦田の言葉がズドンと胸に突き刺さった。とても納得できる説明だった気がする。

夏川のアイドル性は信じて疑っていない。だけどそこに俺が加わるとどうだろう。ド派手に猛烈なアピールを続ける俺が側に居続けたら周囲は敬遠してしまう。そしてきっと今も、周りの生徒は夏川に関わる事で俺のアホみたいな言動に巻き込まれるんじゃないかと思ってるんじゃ……。

もしかして、俺の夏川好きキャラも悪手だった……？　目立つ事を好まない生徒からしたらそれだけでも敬遠する理由になるのかもしれない。

「……待てよ？」

「え、待っ？　なに、どったの」

席が離(はな)れた今、俺が近付きさえしなけりゃ周りは遠慮なんてしないんじゃね？　そこに芦田が加われぱほのぼのとした空気感が加わって、話しかけやすい環境が出来上がるんじゃ……。

こ、これは……！

「芦田」

「な、なに……」

「プロデュース大作戦の始まりだ……！」

「何それ。ねぇ何か大丈夫(だいじょうぶ)なのそれ……!?」

◆

さて、夏川が何であんなにもイジらしくて堪らない反応をしたのか、その原因は俺が彼女に纏わり付き過ぎた事で周囲が遠慮して敬遠し、日常的な話し相手が限られてしまったからだ。たぶん、きっと。

——だけど、そこが必ずしも居心地の良い場所とは限らない。

一人になりたくないから。一人の自分を見た誰かに指を差されて笑われたくないから。そういった理由で不承不承そこを居場所とする人は多く居る。だからこそ考えてしまう。夏川は一人になりたくないから、仕方無く俺を気に掛けざるを得なかったんじゃないのかと。そうでなけりゃ彼女があぁした理由に納得できない。

「夢見ても時間の無駄だからな」

つっても、兼ねてから考えてたように俺は夏川のアイドル性を信じて疑っちゃいない。声高らかにプロデュースだと宣言してはみたけど、俺が物理的に夏川と席が離れた事で自然と彼女の元に人が集まるんじゃないかと思ってる。

だとしたら、俺にできる事はただ一つ。限りなく影を薄くし、周囲の生徒が夏川を見ても俺を思い出さないようにすることなんじゃないか。

「——成る程、キミはそう考えるのか」

……は？

誰も居ないはずの昇降口近くの廊下。俯いて歩いてた俺の正面から凛とした声が聴こえた。一瞬男かと思ったけど、顔を上げる途中で僅かに映った脚を見てそうじゃない事が分かった。うむ、黒タイツとは。

「昨日のこの時間、ここで私の後輩を怖がらせたのは君かね？」

「そうです僕です申し訳ありませんでした」

明確な心当たりがあったのでそのまま直角のお辞儀を決める。今のところ目の前の人物の顔を見てないし学年も把握してないけど、少なくとも先輩なのは間違いないだろう。

『はあ？　――――キモっ』（誇張）

昨日の――――あれ、こんな事言われたっけ。もっと大人しくてお人形さんみたいな感じの子だった気がする。それこそ純真無垢をタイプとする男子の理想な感じの……。は？　あの感じでドSとかマジかよ最高じゃん。

「冗談だ――――って、何故謝る。あの子は君の厚意を無下にしてしまい落ち込んでいたぞ」

「余計な気を回した事が問題なんすよ。人気の無い場所で幼気な少女に声をかけて良いのは少女漫画の中だけです。怯えられるなんて、少し考えれば分かる事だった」

「幼気な少女って……あの子はあれでも君の先輩だぞ」

「はぁ、そうだったんですか」

ネクタイの色から俺が一年だと把握したらしい。先輩は呆れたような顔で俺を見ている。

声が宝塚っぽくてイケメンで敗北感が凄いんですけど。

……本当は別に少女漫画じゃなくて良いんだ。多少性格に難があったとしても、優しく見えそうなイケメンなら怯えさせる事なく彼女を手伝う事ができただろ。俺は分を弁えずにしゃしゃり出てしまったんだと思う。

「あの時の君の行動は賞賛されるべきものだよ。決して余計な気を回したわけではない」

「……………そうですか」

そりゃ、風紀委員長殿ならそう思うでしょうね。そんな言葉が喉元まで上がっていたが、これ以上の反論は憚られた。

接近して来る黒タイツ。このまま頭を下げていたら俺が変態になってしまうので顔を上げる。今まで話していた相手が誰なのか認識すると、やっぱりという思いと共に嬉しさと落胆の混ざった変な感情が湧いた。

四ノ宮凜。この学校の風紀委員長であり、クールな振る舞いと端整な顔立ちから男女共に人気が高い。だからこそ、彼女には俺の考えが理解できないと思った。

「それでは、失礼します」

風

「まぁ待て」

「……」

まだ昼飯食べてないんだけど……。ラザニアパンって何なんだろうな。初めて買った。チーズがめっちゃ入ってるっぽいのは分かるんだけど。

「〝夢を見ても時間の無駄〟、か。その言葉を聴いて、君が下心なくあの子に話しかけたのだと確信したよ。下心があるならそんな現実主義的な独り言は言わないだろうからね」

「……」

どうやら先輩はあの子に話しかけた男子生徒を不審に思ってたみたいだ。賞賛されるべきと言っておきながら疑ってたんかい。って事はあくまで彼女は俺の行動を褒めただけで、その心意気までを信じていなかったということか。おっけーこれが現実。

「だが、あまり悲観するのは感心しないな。彼女があいう態度をとったのは、男性に対して苦手意識があるからだ」

「お言葉ですが先輩、あの時あの場所で荷物を運んでいたのが別の女子生徒だったとしても自分は同じ反応をされていた事でしょう。人気の無い場所での見知らぬ男との邂逅なんてそんなもんです。失礼ですけど、男子生徒とはよく接する方ですか？」

「む……」

理想に向かって突き進み、勇ましさを手にしていかにも周囲の男を振り払って来たであろう四ノ宮風紀委員長。あの場面において、俺やあの子のどちらにも先輩は共感できないだろう。そもそも先輩ならあの荷物を重いとさえ感じなさそうだ。幾ら何でもこれは失礼か。

「そんじゃ失礼しま――」

「ま、待ってくれ！」

「いや、ちょっ……」

学校一のクールビューティ系女子から腕を掴まれ必死に引き留められる俺。人生最大のモテ期である。事情を知らない生徒から見られたらさぞ勘違いされるに違いない。ここはこのまま流れに乗って――えっ、ちょ、力強くないですか……？

「そ、相談がある」

「えぇ……」

風紀委員長って普通は相談される立場なんじゃねぇの？　まさか一年坊主でしかない俺が相談事を持ちかけられるとは思わなんだ。彼女のようないかにも優秀な人間の高尚な悩みを俺が解決できるなんて思えねぇんだけど。

目的地の中庭ベンチを外れ、職員室近くの生徒指導室に連れ込まれる。ちょっと……もっと場所あったんじゃないですかね……二、三人くらいの生徒に目撃されたんですけど。絶対に何かやらかしたと思われたでしょ。

「掛けてくれ。それも食べて構わない」

「はぁ、それじゃ」

生徒指導室の中は四人がけの長机が一つ置けるくらいの狭さだ。そんな狭い部屋で美人の風紀委員長と二人きりとは……これは喜ぶべきなのかもしれない。でも二つ先輩な上に風紀委員長ともなると、どこか教師と接する感覚を覚えてしまう。とてもじゃないけど同年代の女子として接するには振る舞いが格好良すぎんだよな……。

潰れたパスタ――マカロニ？　とチーズ、トマトソースの混ざったラザニアパンを味わいながら先輩の話に耳を傾ける。

「その、な。君が声を掛けたあの子――稲富ゆゆと言うんだが……」

「ほう」

聞き憶えはある。確か風紀委員会所属の先輩だ。小っちゃくて可愛いと噂されてんのを耳にした事がある。つーことは本当に四ノ宮先輩の直接的な後輩という事になんのか。あんな華奢で愛嬌のある先輩だ、四ノ宮先輩が特別目をかけるのも解る。

「彼女はとても頑張り屋なんだ。頼まれた仕事は最後までやり通すし、風紀委員としてのプライドも持っている。他の仲間達にしてもそうだ」

「そうなんすか」

素晴らしい。あの容姿なら持て囃されて育っただろうに。そんな人間が我儘にもならず学生の内から真面目に働くなんて珍しいと思う。ああいう仕事スキル高い可愛い子に限って早々と寿退社したりするんだよな……たぶん。

「だが、彼女達は時折自信無さげな事を言って後ろ向きになるんだ。その度に私はどうにか彼女達を励まそうとする。中には私を見て自信を失くしたという者も居る」

「一年の俺でも何度か先輩が壇上に立つ姿を見てますよ。本当にカッコ良くて、本当に生徒の風紀を守ってるんだなって。あんな姿を見せつけられたら自信を失くす人は居るんじゃ？」

「ま、待て正面から褒めるな。照れるじゃないか……」

おい、思わずキュンとしたじゃねぇかクソ。正面からギャップ萌え感じさせる仕草するんじゃないよ全くっ……可愛いじゃないか良いぞもっとやれ至近距離で眺めてやる。

両手で手マスクを作り、チーズ臭い自分の息を吸って我に返る。今のギャップ萌えの先輩を直視するには萎えるしかない。出でよ、賢者の俺。

「……で、相談というのは？」

「ああ……それは他ならぬ私の事なんだ」

「先輩の？　励ましていた風紀委員会の方々じゃなくて？」

「そうだ」

てっきり上手い励まし方でも尋ねられるもんだと思ってた。でも先輩は自分自身の悩みがあるらしい。堂々とした姿勢を見てると悩みなんて有るようには見えないけどな……。

「私は風紀委員長として仲間の悩みの力になりたいと思っている。だが、色んな言葉で提案したり励ましたりするがいつもこう返されてしまうんだ。『それは委員長だから出来るんです』と」

「あぁ……成る程」

言いたい事は理解した。

俺がさっき廊下で言った『別の女子生徒だったとしても――』のくだりと風紀委員の人の言った事に似たようなニュアンスを感じたんだろ。どんだけ委員会の仲間を励ましても効果がない。それは自分に何か至らない点があるんじゃないか、つーことか。

「『貴女に私の気持ちなど理解できるわけがない』。稲富先輩達にそう言われてる気がしてならない、と」

「むっ……そうだ。はっきり言ってくれるんだな」

「それ一年の俺に相談するんすか……」

「あの子達にこんな事を訊く事はとてもできない。それに君の言う通り、私はあまりクラスメートの男子と話す機会がなかったんだ。だから君ならと思いつい、な……」

「……」

先輩はたぶん人一倍の知識欲を持ってんだろうな。勉強の知識とかそういうことじゃなくて、もっと自分の身近な生活に関わるような事に関して。風紀委員長なんだから他人の気持ちを理解できないといけない、クラスの中心的存在の生徒を始め、教室の隅で大人しくしている生徒の事さえも。立場上、そんな強迫観念が湧いちゃうのかもな。

「自分もどちらかと言えば稲富先輩方と同じ立場です。だからきっと先輩の価値観を詳らかに説明されても理解できないでしょう」

「……そうか」

「でもまぁ、彼女達が四ノ宮先輩にどうして欲しいのかは分かる気がします」

「！　ほ、本当か⁉」

顔を近付けて来る先輩。ただでさえ狭い生徒指導室なのにそんなことしたら俺が大変な事になります。美しい、キスしても良いですか。あと俺の息チーズ臭くないですか。

……さて、先輩に言った通り寧ろ俺は稲富先輩の気持ちの方が理解できる。それは俺がスペックの平凡さ的な意味で〝稲富先輩側〟で、〝四ノ宮先輩側〟じゃないからだ。どちらかと言えば近いだけで俺と稲富先輩だって似ても似つかないんだけどな。

その差は極端な話、文化の違いとかと同じようなもんだ。同じ場所に住んでいても、要領の良い奴と悪い奴じゃ同じ景色でも見え方や価値観も変わって来る。学生の身分で誰かを取り締まるような人なら周囲とそんな差が生まれてもおかしくはない。

「結論から言うと、先輩に励ましとかそういうのを期待してないんすよ」

「なっ……そ、それじゃ私はどうすれば良いんだ！」

「そんなの『気にするな』、の一言で良いんですよ……あと肩をポンとしてくれりゃ大満足っすね」

「え……」

さりげないボディータッチ、うへへ。いけない、つい俺の欲が先行してしまった。これは相談、相談されてるんだ……。

「先輩はその肩書きだけでも上司みたいなもんなんすよ。だからこそ下に居る彼女達は先輩にレベルを合わせてもらってまで共感して欲しくないし、寧ろなりふり構わず問答無用で引っ張って行って欲しいんです」

「そ、それでゆゆ達が前向きになるのか……？」

「先輩に〝気にするな〟って肩ポンされるんですよ？　天にも昇る気持ちだと思いますが」

「わ、私は神か⁉」

「彼女達にとっては神より先輩の方が尊いかもしれないっすね」

いかん、聖母のような微笑みの風紀委員長を想像したら軽いバブみが……気を引き締めないと。ここはひとつ夏川の事を思い出して――あれれ？　気が引き締まらないぞ？　ニヘラァ。

「皆が私に期待しているもの……か。尊いと言われれば照れるが、成る程、ゆゆ達にとって私がどういう風に映っているのか分かった気がする」

「……もう大丈夫っすか」

「ああ……だが私だって人間だ、落ち込む事もある。そんなとき私は誰に頼れば良いんだ？」

「そういう姿を見て俺達は委員長も人間なんだと安心するんです。仲間である限り彼女達が支えてくれるはずです。ただ、そのやり方が貴女と彼女達とで違うだけなんじゃないですかね」

「……」

先輩と俺とじゃ二つも年の差があるけど、それでも同じ学生だ。同じ学生に差があってはならないという建前と大きな優劣が生まれてる実態があるけど、ちゃんとした理由あっての格差は基本的に学年差くらいしか存在しない。だからこそ四ノ宮先輩は錯覚したんじゃないか、自分と稲富先輩達はほぼ対等であり格差など無いのだと。

そんな事は絶対にない。能力や肩書きによる格差なんて小学生の時点で生まれる。それだって言葉に表せないながらも小学生の時点で気付くことだ。

「……別に、彼氏でも作って励ましてもらうのもアリだと思いますが」

「なっ……そ、そういった不純なのは――」

「先輩のタイプってどんなですか？」

「は、話を聴け！」

格差なんていう言葉をわざわざ口に出そうとは思わない。先輩には綺麗な言葉を並べて説明したけど、少し言い方を変えるだけで先輩は俺に鋭い眼差しを向けただろう。それは平穏に生きる俺の望むところではない。

一息ついて時計を見る。

「昼……終わりますね」

「ああ、話を聴いてもらって悪かったな」

「いえ」

お互い席を立ち、生徒指導室から出る。周辺に居た生徒や教諭が目を見開いてこっちを見てきたから、いかにも『こってり叱られましたよ』とげんなりした様子を演出していると四ノ宮先輩に肩をどつかれた。よっしゃボディータッチっ。

「んじゃ、またいつか」

「ああ、待ちたまえ。そういえば君の名前を訊いてなかった」

「あ、山崎っす」

普通人のモットーその一。教師や風紀委員長といった目立つ立場の人間に名前を憶えられてはいけない。

息をするように偽名が出た。そういや今日は胸ポケにネームプレート付け忘れてたな。ってか思わず山崎の名前出しちゃったよ。まぁ良いや、あいつバスケ部で顔だけはまあまあ良いし、先輩のような美人に名前を呼ばれたら喜ぶだろ。

「それとだがな、私はやっぱり君の善意が余計だったとは思わないぞ」

「……そうですか」

なら、これ以上俺と先輩が相容れる事は無ぇっすわ。

意見の衝突。反論すればこそ議論が成り立ち、その者は相手と対等となれる。けど、俺にはさっきの廊下での初手が限界だ。先輩は目の前の後輩がどれだけありふれた普通の存在なのか理解していないんだ。それに、必ずしも俺は俺の考えが正解かなんて判らない。

譲れないものと芯を持った先輩はやっぱり強い。そして俺は普通でしかなく、自分を貫き通すほど誰かに向けられる牙はなかった。

◆

コンビニで買い食いしてたら日が暮れてしまった。西の空が橙色に染まる。とはいえ今時の夕暮れはかなり遠い。昔の夕暮れは視界いっぱいに太陽が見えていたというのは本当だろうか。一度でいいから現実にそんな景色を見たいもんだ。

東の空を見ると夜の始まりが見えていた。どちらかといえばただ綺麗なだけの夕暮れより、こんな風に明暗分かれた東と西の空の対照性が好きだ。今はそんなリアリティさに魅力を感じる。

「……渉？」

「！」

家の近くでボーッと立ち尽くしていると女性の声が俺の名前を呼んだ。以前の夏川の訪問もあってかドキッとしてしまったけど、よく考えたら聴き覚えのある声だし、夏川とは今ちょっと話しづらい雰囲気だ。そうなるとこの声の主は一人しか居ない。

「姉貴？　え、塾は？」

「今日は気分じゃないし」

え、そんなのアリなん？　まあ本人が嫌と言ってるんならどうしようもない。実際問題、気分次第で全く勉強の効果が表れないとかあるらしいからな。だとしたら俺、もう何年も勉強する気分じゃねぇわ。はっはっは。

姉貴は肉まんをハフハフしながら顔を顰め、俺を素通りして家ん中に入ってった。買い食いとかするとこはマジで姉弟だな。顔を顰めたのは恐らく今日くらいは受験生という立場を忘れたかったからだろ。迂闊だった。

機嫌を窺って腫れ物扱いすると余計に機嫌を悪くするのが俺の姉、楓である。間髪容れずに追いかけ、俺も家の玄関に突入して一緒にリビングに向かう。途中で姉が持つビニール袋に目が行った。

「もしかして……全種類買ったん？」

「や、アイツらがさ」

「アイツら……？」

「……何でもない」

全部食えんのかっつーより、むしろ全部ペロリと平らげるんだろうなぁと思っていたところ。アホみたいに小さな弁当を持って女子力を高めてる割には朝と夜に結構エグめに取り返してるっぽいからな。恐らく胃袋は相当デカいと思う。

リビングに入ろうとしたところで前を歩いてた姉貴が止まった。思わずぶつかりそうになって俺も止まる。

「姉貴?」

「アンタさ……あの子とあれから話したん?」

「……」

あの子、とは前に家に上げた夏川の事だろうな。姉貴が夏川と会うのはあれが初めてだった。以前から惚れた女が居ると大騒ぎしてたから、夏川がその子なのだと気付いてるだろう。

夏川とは以前の訪問から割と普通に話してるから何となく正直に答えるのを躊躇ってしまった。だから思わせぶりな言葉で返してしまう。

「あの時の会話聴いてたんなら分かんだろ」

「……」

あの日、夏川が去った後の姉と母の様子が思い浮かぶ。女だけあって色恋沙汰への食いつき方は半端なものではなかった。俺が隣に立てるような相手じゃないんだと説明した時の愕然とした顔が忘れられない。

いつものような罵声を待ち構えたけど、姉貴は何も言わずただ黙って先へと進んで行った。

ここのところ寝付きが悪い。直ぐに睡眠に入る事が出来ない割に朝早く起きてしまう。原因は恐らく以前より運動量が減ったからだろう。夏川を追いかけてた時は周りをちょろちょろと動き回って結構な体力を使っていた気がする。

布団が疎ましくなるのは何も運動不足だけでなく季節が夏に近付いた証拠だろう。朝になると覆い被さっていたもの全てを撥ね除けていた。それでも朝に熱々のトーストをやめられないのはどういった現象なんだろうな。

冷凍庫から五枚切りの食パン一枚を取り出してトースターにぶち込む。タイマーを適当に捻って赤い熱に焦がされて行くふかふかの肌を観察するのはもはや習慣だ。

外はサクサク中はもっちりのバタートーストを堪能していると、どんな寝方をしていたか想像できるような片側ボンバーヘアの姉が二階から降りて来た。斬新なアシンメトリーだな。

トーストにかぶりついている俺を見て一言。

「…………こんくらいが丁度良いのかもね」

「人の顔見て謎の妥協をするのはやめろ」

男意識高めの無礼な姉だけどあまり色っぽい話は聞いたことが無い。長年弟をやっているけど、どうも姉貴は選り好みし過ぎなんだ。だから今まで彼氏なんて居たことが無い。黙ってりゃモテる見た目なのにな。

「褒めてんのよ。イケメンと絡んでも周りの女に角が立つだけだし」

「まるで体験したかのような口振りじゃねぇの……」

「…………」

「……？」

う、うん？　何か予想と違った反応だぞ？　まさか面食いの姉貴にも春が……？

いやでも何その顔……すっげぇ嫌なこと思い出してる感じの顔なんだけど。さては此奴、イケメンに半端な手の出し方をして失敗したな？　しっかたねぇなオイ、ここは一つ姉思いの弟が空気を和ましてやろうじゃないか。

「やっと解ったか……俺という男前の素晴らしさが」

「ハァ？　調子乗んなよ四十九点野郎」

「せめてッ……せめてあと一点……！」

的確に俺の心を抉る口撃だ。ただでさえ普通を自負する奴を普通未満に扱うと傷付くんだぞ！　死ぬほど現実見て普通名乗ってんだから少しは大目に見てくれたって良いじゃない！

これ以上会話を続けるのは藪蛇に他ならない。涙をのんで余った食パンを口に詰め込み、物理的に今話せませんよアピールを試みる。姉貴が馬鹿を見るような目で『何やってんの……』と呟いた。ここ最近で一番姉らしかった瞬間だと思う。

「アンタ、そんなんじゃ女の子にモテないよ」

「はぁ？　今更だろ何言ってんだ」

「アンタ……」

散々俺をモテない奴として扱って来た姉貴がこの言い草。思わず強めの悲しい言葉を吐いてしまった。姉貴は何か言いたげな目を向けて来たけど、それ以上言ってくる事はなかった。

昨日と同じように早めに家を出る事にした。この時間帯は夏川と被っているから気まずいのだが、そう都合良く何度も鉢合わせになる事は無いだろう。学生鞄を手に持ち、玄関へと向かう。

「あ、渉待ちな」

「……は？」

◆

『アタシも行くから』と言われ、何故か待たされた俺。かつてないほど構ってちゃんな姉に困惑を隠せない。ま、まさか……！　ブラコンだったとでも言うのか……⁉

「？？？」

『はあ？　――キモっ』（三回目）

無いな。この傍若無人な姉がブラコンなわけがない。思わず頭の中でドン引きしながら俺を罵倒する姉の姿が浮かんだ。先生、俺、もう学校に行く気力無いです。

混乱したまま姉貴と一緒にローファーを履く。この状況すら意味がわからない。こんなの俺が中学に上がった日以来じゃなかろうか。そもそも姉と高校が同じっていう末っ子感がちょっと嫌だ。

「行ってきます」

「……ます」

姉貴は普段はわざわざ口に出さないんだろ、俺が行ってきますと口にすると小さな声で同じ言葉を発した。今でこそ落ち着きつつあるけど、高校入学直後のいわゆるギャルの時代はまああの素行の悪さだったからな。その名残が後を引いてんだろ。

「……それで？　何で突然一緒になんて言い出したんだよ」

「は？　アタシも行くって言っただけじゃん」

「どう違うの……」

謎の生命体〝女〟。これがまた良い感じの関係性の女の子ならツンデレかよと喜ぶところだけど相手は姉っていう。わざわざ俺を待たせた理由が謎すぎて怖い。

よく分かんないまま姉貴の後を追ってると、少し前を歩く姉貴が急に立ち止まった。

「んだよ、どした」

「……あの子」

姉貴が顎で前方を指し示す。いや顎ってお前。

その方向を見てみると、何やら見覚えのある女子の後ろ姿が通学路の曲がり角でスタンバってた。何かを待ってるんじゃなくて、どうやら曲がった先にあるものを覗きこんでいるように見えた。ミニスカでちょっと屈んでるから際どいんですけど……夏川様、有難うございます。

「………」

「………」

「おい、アンタ知り合いでしょ？　黙ってないで話しかけなよ、あっこ通るんだし」

「ひぇっ、睨むなよ……」

俺の視線に気付いたであろう姉が手の甲で肩パンしながら言ってきた。現実的に考えてあの状態の夏川に話しかけるのは厄介事がありそうでちょっと嫌だ。正直遠回りしてでもスルーしたい。が、後ろで我が覇王が俺を見ている。仕方ねぇか。

「――――夏川」

「ひゃわぁっ……⁉」

なん……だと。

俺の心がひゃわぁっとなった。夏川らしからぬ小さく高い声が可愛すぎて何というかもう今なら爆発できる気がした。ファイナルエクスプロージョン。

「わ、渉……⁉」

「よう、こんなとこで何をコソコソして――――ん？」

んん……？　今サラッと名前で呼ばれた？　いつもなら名字……あれ？　俺っていつも夏川から何て呼ばれてたっけ？　んんん……？

「何か変な人達が居るのよ……！　何よあれ⁉」

「うわ良い香り――――え？　変な人達？」

夏川が俺の腕を掴んで急接近。思わず本音が口からこぼれかけたけど辛うじて持ち直した（※手遅れ）。我に返って夏川の言葉を反芻すると、何やら気になることを言っていたのに気付いた。

「あれよあれ……！」

「むむむ……？」

夏川と同じようにこっそりと曲がり角の先を覗く。その先を見ると、俺達と同じ高校の制服を着た四人の男子生徒が両サイドの塀の前に立っていた。その様はまるで四天王に挑む前のチャンピオンロードのようだ。目が合っただけで勝負を仕掛けて来そう。

「しかも全員エリートトレーナーばりの面じゃねぇか……」

「何言ってんのよアンタ……」

「ちょっと、いつまでやってんの」

「えっ……あ⁉　渉のお姉さん……⁉」

イケメン死すべしと思って悪態吐いていると、待たせていた姉貴（Lv：63）が早くしろと言わんばかりの低い声を発しながら近付いて来た。勝てない。

ちょっと待って。知り合いの姉に会った瞬間畏まって柔らかくなる夏川がマジではかいこうせんなんだけど。俺も負けてられない！　ワタルははねるをつかった！　しかしなにもおこらない！

「アンタらさっきからなに見て――――げっ」

「……姉貴？」

『あ！　楓じゃないか！』

「は？」

冗談抜きで俺の危険感知センサーが警報を鳴らしている。曲がった先で待ち構えるように立っていたエリートトレーナー達が姉貴の名前を発しつつ此方へと走り寄って来た。全力で逃げ出したかったけど、姉貴が隠れるようにして後ろで俺の腕を固定しているため身動きが取れない。何これ、何固め？

「おい楓！　誰なんだその男は！　どうしてそんな俺達から隠れるような真似をする！」

「うるさい！　何で全員で待ち伏せてんのよキモい！」

「メガ○ウム！　君に決めた！」

「ちょ、ちょっとアンタ空気読みなさいよっ……」

　本気で慌てた様子の夏川が俺の制服を摘んで必死で引っ張って来る。これ以上の幸せはない。今なら全員振り切ってダッシュで高校へと走り込めそうだ。てゆーかそうしたい前。姉貴はいつから逆ハーレムを築き上げていたのですか。

　こちらこそ姉の事を名前で呼ぶような男の存在を初めて知りました。しかも四人ってお

「か、楓に頼られる一年坊主だと……お前みたいな奴知らないぞ！」

……え、駄目？

「おい一年！　名前を言え！」

「佐城渉です」

「サジョウワタル！　聞いたことない名前──え、〝佐城〟？」

「佐城渉です」

　四人もの楓ファミリー──名付けて『Ｋ４』が睨みつつ追及して来たから簡潔に返事をした。ネクタイの色から全員漏れなく二年や三年の先輩だし、この状況を切り抜けられる算段なんか思い浮かばないし、もはやどうにでもなれと思っている。

「さ、〝佐城〟って、お前まさか──」

「退いてください轟先輩」

「あ！　おい！」

　三年の活発系イケメンの先輩を退かすように二年の秀才系イケメンの先輩が前に出てきた。別にズレてもいないのに眼鏡の位置をスチャ、ってかけ直す仕草は何か意味があんの

かね。おい何かカッコいいだけだからやめろ。

「お初にお目にかかります、佐城渉さん。僕は甲斐拓人と申します。失礼ですが、貴方と楓さんの関係性を教えていただけないでしょうか」

「一つ屋根の下で暮らしています、妥協し、妥協された関係です」

「何でアンタ意味深な言い方すんの」

いけない！　つい悪ふざけをしてしまった！　我が姉のかつてないほど色っぽい話題がやって来て嬉しくなってつい！

姉貴はペシッと俺の頭を叩くと、めっちゃ面倒くさそうに俺の前に出て仁王立ちした。

「弟よ弟……！　見な！　よく見たらアタシと顔とか似て——そんなに似てないわね……」

「そうだな」

「そうですね」

「………」

「………」

　だな。何度見ても似てないよな点数的に。姉の顔に点数を付けたことは無いけど、まぁ整ってる方なんだと思った事はある。極め付けはこの前の藍沢事件に登場した有村先輩の友人だ。姉貴は一定数の男子票を獲得してるんだという事を知った。超ショック。

だとするなら、俺にできる事はただ一つ。

「うん、姉貴。邪魔しちゃ悪いから俺あっちの道から行くね？」

「は？　ちょっとアンタ何言って――」

「良いから良いから。こんな格好良い先輩方と姉貴が親しくしてるなんて俺も鼻が高いわ。だから遠慮しなくて良いんだよ」

「や、だから別に親しいとかじゃなくて――」

「じゃあまた学校終わったら！」

「ちょ、ちょっと待ってよ！」

ダッシュで逃げ出そうとしたら夏川に捕まった。制服の脇腹の部分を思いっきり掴まれ引き寄せられたからか、右腕と脇の隙間から夏川の頭がひょっこりと現れた。そのまま腕をクッと曲げればチョークスリーパーの完成だ。ぜってぇやんねぇけど。

変な事を考えてこのゼロ距離の感動を紛らわしていると、直ぐに掴み直されて睨まれた。

「こ、この状況で私一人にするとか何のつもりよッ……！」

「お願いします止めないでくださいッ……！　これ以上ここに居たらイケメンにやられて溶けます……！」

「溶けるかッ……！　劣等感よりまず気まずさ感じなさい……！」

珍しく夏川が俺を離すまいと掴んでいる。目が本気である。好きな人からこんなにも熱烈歓迎大密着されてるのに離れてほしいと思ってしまうのは何でだろう。多分それはきっと夏川の後ろで姉貴が『テメェ後で覚悟しとけよ』と狂気的な目で俺を見ているからだろう。

「……みんなで行きましょうか」

「……ふん」

姉貴が鼻を鳴らして目を閉ざす。これは許された……！

疑問符を浮かべるイケメン達に見られながら道のど真ん中を進む姉貴の後ろを歩く。気が付くと俺は肩に掛かったバッグの持ち手をしっかり姉貴に掴まれていた。よく見ると横を歩く夏川からも。さながら俺はリードで引かれる犬だった。ワン。

夏川に至ってはもはや何考えてるか分かんねぇな。とりあえず彼女って事にして良いですか？　ダメ？　知ってた。

「いやぁ、でも知らなかったよ。まさか楓に弟が居たなんてね。何で教えてくれなかったんだい？」

「何でわざわざアンタ達に言わなきゃいけないの」

「冷たいなぁ」

ハハハッと笑いながら姉の肩に手をかける三年の優男系イケメンの先輩。身長一八〇センチは有るであろう長身が世の中の不平等さを際立たせる。いっそのことさらに伸び続けてしまえば良いのに。ええこら。コンビニの入り口の垂れ幕が頭にかかって『あひぃん』てなれば良いんだ。

「ところで、その女子は？　楓弟の彼女か……？」

「あっ！　ちょっ、馬鹿！」

「？」

ずっと静観を続けていた三年のクール系イケメンの先輩がやっと喋り出す。声までイケメンだ。あんな声になれたら風呂場でキザなセリフの練習しちゃう。四人の中では一番まともそうな印象を受ける……にも関わらずとんでもない爆弾を落としやがったなこの人。

思わず姉貴が先輩を止めようとしたけど何の意味もなかった。

「い、いえっ！　私達はそんな――」

「別にそんなんじゃないですよ、先輩」

「ああ、そうか。不躾な質問だったな」

ホントだよこの野郎。残りの三人もそりゃそうだよなと言わんばかりに納得している。

すんなり納得しちゃう理由は簡単に察する事ができる。けど、やっぱり良い気はしない。見たところこの四人は姉貴に調教されたドＭのようだ（偏見）。いっその事この中の誰かが夏川の彼氏にでもなれば俺も納得出来るのにな。

姉貴はめっちゃ面倒そうにしながらも自由奔放な先輩たちにツッコんだりして世話をしている。既に俺の鞄ヒモからは手が離れ、それを引っ張るものは何も無くなっていた。

ゆっくりと歩幅を落とし、姉貴と彼らの後ろをひっそりと付いて行く。

「……悪いな……夏川」

「……良いわよ、別に」

よく分からんが夏川はずっと横に居る。別にさっさと先を行ってくれても良いんだけど、芦田が言ってたような何らかの拠り所的な意識が俺に対してあったりすんのかね……。

それでも、今だけは夏川も含め、この綺麗どころ達と一緒に歩くのは何だか辛かった。

◆

「あ、あぁー……ここでお別れっすね………」

「……」

昇降口を過ぎれば行き先は変わる。姉貴はイケメン達に囲まれながら苦虫を噛み潰したような顔で此方を睨んでいた。不思議かな、面食いなはずなのにあんな顔をする姉貴の気持ちが超わかる。周囲から向けられた好奇な視線は恐らく姉貴が最も嫌うもんだろう。今日帰った後が怖すぎる。

イケメン先輩方の話を聞いたけど、どうやら姉貴を含めた五人は生徒会仲間だそうだ。姉貴は実は生徒会副会長だったりする。生徒会に入ったと聞いた当初はまた何でこんな粗暴な奴がと思ったけど、今となっちゃどこか納得できる気がする。ちなみに会長はクール系の先輩だった。やだ、何この人達親しみやすいんだけど。

オタサーの姫を三十倍くらいリア充っぽくさせた姉貴はＫ４を引き連れて俺とは逆方向へと去って行った。既に姉貴の気はイケメン四人の方に向いて俺への怨念のようなものは無くなっていた。凄い、姉貴が他人に〝姉〟を発揮している。さながら他の四人は世話の焼ける飼い主大好きな犬のようなもんなんだろう。

「……そういや、あんなイケメンに囲まれたのに夏川はあまり嬉しそうじゃなかったな」

「は、はぁっ⁉　アンタ私を何だと思ってんのよ⁉」

「うわっ⁉」

「な・に・驚いてんのよ…ッ……！」

驚いて振り返るとその先には怒りの形相の夏川。俺の呟きを拾われたらしい。何に驚いたって、夏川がまだ後ろに居たことだ。靴を履き替えてさっさと教室に向かったもんだと思ってた。

「さ、先に行ってなかったの……？」

「逆に何でここで置いてくと思うの……」

「あらそう……」

だって俺ウザいんだろ？　なんて言葉はわざわざ口にできなかった。これ以上悪印象を持たれて嫌われるのは嫌だし……人として普通の情けをかけられただけだけど、夏川に気を遣われたのが嬉しくて鼻の下を伸ばす事しか出来なかった。今さらだけど今日も超可愛い。

姉貴の繋がりで一騒動有ったからか、朝礼まで中々良い時間だ。人通りの多い時間帯になってしまった気怠さと夏川に対する気まずさで廊下を歩く間は終始無言になってしまった。教室が近付くにつれ思い出す夏川プロデュース大作戦……俺が側に居たら逆に夏川が新しい友人を作る事が出来ないんじゃないかと思ってしまう。ここは一つ、途中でトイレに寄るという小芝居を――

「あーッ！　さじょっち発見！！！」

……は？

「……圭？」

勢いに押されて夏川が戸惑う様に声をもらす。

教室から出てきた芦田が此方を指差して叫んだ。かと思えば俺のプリティーな渾名を叫びながらドドドドと駆けて来る。さてはすてみタックル……！　ワタルははねるをつかった！　しかしなにもおこらない！

「さじょっち！　あの凛様が激おこ!!」

「……は？」

ちょっとイベントてんこ盛り過ぎやしませんか、まだ朝起きてから二時間も経ってないんですけど。

8章 罪深き山崎

騒がしいA、B組の教室。しかし、我が学び舎のC組の教室の前は不思議と静かだった。廊下から教室の内側を見る限り、既に多くのクラスメートが揃っているのがわかる。その中に、教室のど真ん中で腕を組んで佇んでいる見慣れない後ろ姿を発見。見慣れてはいないけど、あの長めの黒いポニーテールはつい最近見た憶えがある。側には小動物のような可愛らしい後ろ姿もあった。

「よし、俺の事は良いから先に行け芦田」

「ヤダよ！　レディーファーストに見せかけた無茶振りやめてよね！」

「じゃあ夏か――――」

「は？」

「あ、す、すいません……」

『良いから早く逝きなさいよ』と目で訴えかけて来る（拡大解釈）夏川を前に強気になれなかった。俺は貴女の犬です、何でもご命令下さい。

とはいえどうしたら良いか解らず手を拱いていると、教室の中央に居る先輩とバッチリ目が合った。合ってしまった。為す術もなく、彼女はズンズンと廊下に居る俺達の元にやって来ると、目の前の窓を開けた。

「やあ、朝礼まで来ないと思っていたよ」

「お、おはようございます……四ノ宮先輩」

「ああおはよう……〝山崎〟くん」

は・あ・く☆

「いやぁビックリしたよ。ゆゆと一緒に君を探して一年生の教室を回ってみたら〝山崎〟という名字の男子生徒が一人しか見つからなかったんだ。聞き回ってみたら山崎君はこの学年に本当に一人しかいないという話じゃないか」

「いえ、先輩は誤解してるんですよ。実は居るんです、この学年には幻の山崎がもう一人

――――」

「サジョウくん」

「あ、はい」

「昼休み、昨日の場所で待ってるよ」

「はい」

　ニコリと微笑んだ四ノ宮先輩は俺の横を通り過ぎ去って行く。その後ろを赤いリボンを揺らしながら稲富先輩が付いて行った。もの凄く申し訳なさそうな顔で此方を見て来たけど結局一言も言葉を交わす事は無かった。

　教室を覗くと憤怒の表情の本物が。

「佐城テメェ！　俺を騙りやがったな！」

「山崎……」

「アアッ!?　ンだよ！」

「四ノ宮先輩は……タイプじゃなかったか？」

「あ……？　いや、まぁ……タイプっちゃタイプだけどよ……」

「……話せたか？」

「ああ、けどよ……」

「良かったな、山崎」

「……おう」

　山崎を巧みな話術で黙らせ、大人しく自分の席に着く。夏川は何か言いたげな顔で此方を見て来たけど、朝から疲れたのかふいとそっぽを向いて自分の席へと向かって行った。対して真横で鼻息荒くする女からは鬼気迫るほど熱い眼差しが注がれている。

「ちょっとさじょっち！　凛様に探されるなんてどういう事……!?」

「色々あって名前訊かれたんだよ……かの風紀委員長様に憶えられると面倒な予感がしたから思わず嘘ついちゃった……」

「馬鹿っ！　せっかくの寵愛をさじょっちは……！」

「何言ってんだお前……」

風紀委員長、四ノ宮凛。クールビューティな振る舞いにより男女問わず人気があり、特に女子からは王子様的な扱いを受けているらしい。どうやら芦田にとっても四ノ宮先輩はプリンス的な存在らしい。笑止、アイドルは夏川愛華一人で十分である（刮目）。

「あれ？　そういえば愛ちと一緒に来たの……？」

「いや、廊下で会ったんだよ」

「へー、そーなんだ」

横目で遠くに座る夏川の様子を窺う。机に頬杖を突いて疲れたようにグダッているように見える。良いぞ可愛い。そして姉共がすまんかったな。

そういや芦田に言われたように、夏川が俺や芦田以外の生徒と仲良さげに談笑する姿はあまり見ない気がする。周囲を見る限り、チラチラと夏川と話したそうにしている生徒は居るように思えるけど……俺も近くに居ない事だし、これは時間が解決してくれそうだ。

◆

「ピザまん……？」

「売店に売ってたんで」

「君、さては謝る気無いな……？」

「いえいえ、ちゃんと二つ買いました。これがどういう意味か分かりますか？　お一つどうぞ」

「見ての通り、隣にはゆゆが居る」

「どうぞ、スペアの三角チョコパイです」

「スペア」

生徒指導室。開幕早々、四ノ宮先輩は呆れた目を向けてきた。この狭い部屋で目の前でそんな顔されると俺も芦田みたいになってしまいそうだ。その横で稲富先輩が戸惑いの目を俺に向けている。少なくともまともな人間のようには見ちゃいないようだ。

押し付けるようにブツを渡すと、四ノ宮先輩は溜め息をついて対面の席を指差す。

「まぁ良い、座りなさい」

「承知致しました」

「そこまで畏まらなくて良いんだが……まぁ良い」

席に着いて向き合う。先輩二人にこうして向き合わされるとまるで面接でも受けるかのように思えてしまう。実際にある程度の緊張感が漂っている。

「さて〝佐城〟、君は何で嘘ついた」

ほほう、もう逃れられはしないと。そう言いたいのか。だけど大丈夫、先輩はいかにもな感じに直情的な性格だから何を言われるかは予想できていた。だからこそ敢えて言わせてもらおう、俺の本音を。

「風紀委員長という立場の人間に名前を憶えられても面倒な予感しかしなかったので反射的にクラスメートの名前を答えてしまいました」

「なっ……!? しょ、正直で宜しい。しかしそれだと君は面倒をクラスメートに押し付けた事になるぞ」

「山崎は喜んでました」

「そ、そうか……——いや判らんぞ！　何で嫌がる生徒と喜ぶ生徒が居るんだ！」

何と、それを詳らかに話せと申すか。それは山崎的に結構恥ずかしい話になると思うんだけど……まぁ良いか。どんな結果に転んでも山崎が喜ぶ未来しか見えねぇや。

考えていると、四ノ宮先輩の隣で稲富先輩が得心がいったように頷いていた。

「稲富先輩は理解してるみたいっすね」

「は、はひっ……⁉　あっ、あの……！」

「おい、ゆゆを怖がらせるんじゃない」

「本当に申し訳ありませんでした」

「待て冗談だよ、どうして君は直ぐに謝っちゃうんだ……」

小動物的な女子に怯えられると超傷付くからだよ。寧ろ謝らないと気が済まないんです。男ですみません。いやでも俺がもしイケメンだったらやっぱり反応変わるよね……？　たぶんそれが現実。

「え、えっと……！　何て言えばいいのかな……」

はわはわしてて可愛い。こういう人って将来どんな奴とくっ付くんだろう。助走つけてぶん殴った後に絶対幸せにするんだぞってそいつの背中に張り手してやりたい。

「え、えっと……佐城君はさっき言った通りで、山崎君は凛さんが綺麗だから喜んだんだと思います」

「なっ……こ、こら！　ゆゆまで冗談を言うんじゃない！」

「じょ、冗談じゃないですよぅ……」

「…………なんかすまん、山崎」

一寸のズレも無く的確な分析をされ、山崎に対して申し訳なさを感じた。四ノ宮先輩が褒められ慣れてないお陰で女子が嫌うような山崎の男臭さを誤魔化せたような気がする。

俺何もしてないけど。

「んんっ……！　と、とにかくだ佐城。そのような理由で人に嘘を吐いてはいけない」

「はぁ……」

多くの生徒に慕われているように見える四ノ宮先輩はリア充なんだから、教室の隅に居るような生徒の気持ちなんて理解できない……と勝手に思ってたんだけど、感情が豊かなところを見てると強ちそうでもなさそうに思えてきた。

俺は俺のポテンシャルの普通さを自負している。俺の考え方がもし一般に近しいのだとしたら。多くの〝普通〟の生徒が俺と似たような行動を取りがちなのだとしたら。

俺に偽名を使われたのと同じように、四ノ宮先輩は気付かれない内に今までさり気なく忌避されて来たんじゃないだろうか。風紀委員長だからというだけじゃなくて、自分に自信を持てない奴は優れた人間に見劣りするのを恐れて直接的な接触を避けるからな。特に女子はその傾向が強く見える。要は優れた容姿と男勝りな態度が相まって、それが他人との壁となってしまって知らず知らずの内に人を寄せ付けなくなってるんじゃないか。

そう考えると、何だか急に四ノ宮先輩に同情心が湧いてきた。先輩も寂しい思いをしているんじゃないかと。

「以後気を付けます、すみませんでした」

「うむ、気を付けたまえ」

「はい、それでは失礼します」

「ああ、また機会が有ったらな」

「はい」

「えっ……」

はぁ、厄介なのに捕まった。四ノ宮先輩達のような美人と話せるのはありがたいけど、風紀委員として接して来ると容姿度外視の圧を感じる。リア充かどうかというよりも権力のある人間と関わるのはこんなにも面倒なんだ。

やっぱり平凡な日常が一番。そうなるように徹していたつもりなんだけど、何で無用な接触を避ける俺がこんな生徒指導室なんかに居るんだろうな。やっぱり偽名を使ったのは不味かった……あれ？　そもそも何で俺が偽名を使ったのがバレたんだっけ？

「——ま、まってっ……待ってくださいっ……！」

「！」

凄く必死そうなか細い声が聞こえた。明らかに四ノ宮先輩の声じゃなかったし、だったらあとは一人しかいないこれは立ち止まらねばと思って振り返る。あら可愛い。

……リボン着ける女子高生とか絶滅危惧種だよな。これは大切にせねば。保護してやー

──あ、嘘ですはい。

振り返ると、稲富先輩が胸元で小さく拳を作って立ち上がっていた。その横で四ノ宮先輩が驚いたように彼女を見ている。

そして、

「…………しまった忘れてた」

「ちょっと先輩？　聴こえましたよ今」

小声で呟いた風紀委員長様。思わずツッコミを入れてしまった。稲富先輩が恨めしい目で四ノ宮先輩を見上げている事から、何やら俺への説教とは別の用件があったんじゃないかと思う。まぁ俺を叱るだけなら稲富先輩は要らないもんな。そもそも俺を探しに一年の教室を見て回ってたんだったか……うん、よし。

「じゃあ失礼します」

「いやいやちょっと待て！」

生徒指導室から出ようとしたらすっ飛んで来た四ノ宮先輩から捕まえられた。えへ、捕

まっちゃった。呼び止めるんじゃなくてわざわざ捕まえに来る辺りが四ノ宮先輩らしいな。

「おい……！　何で今の流れで去ろうとするんだ！」

「えー？　四ノ宮先輩がこの場を締めてくれましたしぃ？」

「違う！　本題は君への説教じゃなかったんだ！　その話し方やめろ！」

　ぶっちゃけ冗談の退出詐欺だったから大人しく席に戻る。稲富先輩がホッと胸を撫で下ろしてる。癒される、ボケかましといて良かった。そしてやっぱり四ノ宮先輩は冗談が通じるタイプじゃなかった。

「本題、ですか？」

「いかにも。そのためにゆゆがいるんだ」

　四ノ宮先輩の言葉に稲富先輩の方へと目を向ける。また怯えられるかと思ったけど、先輩は体を震わせながら妙に決意に満ちた目で俺を見返した。

「ゆゆは君の厚意を断ってしまった事をずっと気にしていてな。だからその事を謝り、改めてお礼を言いたいんだそうだ」

「お礼……？　実際に手伝ったわけでもないのに？」

「まぁそう言うな。聴くだけ聴いて行ってくれ」

　肩を竦めて改めて稲富先輩に目を向ける。散々可愛いだの癒されるだの思ってたけど、いざこうして自分だけに目を向けられると緊張する。稲富先輩が今から俺に向かって大きな勇気を振り絞って何らかの言葉を放つと考えると、緊張を和らげてた邪な感情が消えてしまうんだ。いやその方が良いんだけど……うん、稲富先輩みたいな人は遠目から眺めてほわほわするに限るな。

「あ、あの……あの時はっ……佐城君の親切を踏み躙ってしまってごめんなさいっ」

「はい」

「そ、それとっ……重そうにしてる私に声をかけてくれてありがとうございました……！」

「……ああ、いえ」

凄く真剣に言葉を振り絞った稲富先輩。言い切った後に返事をしてみると、それを皮切りに達成感に包まれた様な晴れやかな表情になった。何ですかこの生き物は、俺を悶え死にさせるつもりですか。全然邪な感情が湧いて来るんですけど。

「この調子で男の人への苦手意識を治せるように頑張ります！」

「……」

………はぁ？

スッと自分の中で冷めて行くものがあった。男性嫌いは仕方がないにしても、その発言はどうなんだろう。自分の中で稲富先輩を見る目が大きく変わったのが解った。

危ない、思った事をつい口に出してしまう俺の悪い部分が出るところだった。それで余計な事を言ってしまうのは俺の望むところじゃない。

「……ですね、その調子です」

「はい！　………え……？」

「わざわざありがとうございました。また機会があったら宜しくお願いします。それじゃあ、失礼しますね」

「何だ急だな？　……ああ、また悪さしてそんな機会が出来ないようにな」

「そっすね、それじゃまたいつか」

さぁ、教室に戻ろう。戻って隅から夏川の横顔でも眺めよう（趣味）。自分を曲げ、妥協し、隅っこの方で大人しく享受し続ける男、それが今の俺。〝普通〟という殻を破るのは本当にやりたい事を見つけた時で十分だ。それまでは、知り合いでもない誰かの努力なんてどうでもいい。

だから、勝手にやってください。

◆

少女が二人、昇降口から外に歩きながら外の空気に当たっている。正面にはグラウンド。その手前を左に曲がれば、渉がかつて立ち尽くして我に返った時の例の塀がある。渉が夏川愛華を追い掛けるために入った私立鴻越高校。大仰な門と絢爛な校旗が出迎える進学校である。

二人の少女はグラウンドの前に立ち、その巨大な門を内側から眺めていた。

「もう夏だな、ゆゆ。外もあまり爽やかではなくなってきた」

「はい……そうですね……」

「……ゆゆ？」

先程まで後輩の男子生徒に会っていた二人。四ノ宮凛、稲富ゆゆはそれぞれ伝えたい事を伝えられてすっきりと昼の時間を終えた——はずだった。

「何だ今さら武者震いか？　確かに君は男子生徒が苦手だが、アレは後輩な上に小生意気なだけで粗暴さは無かったじゃないか」

「はい……他の男の人と比べると、確かにそうですね」

凛の言う通り、佐城渉という生徒は後輩である。ゆゆが渉に対する申し訳なさに苛まれていた時、後輩だという事を聞いたことで彼に謝ろうと決意できたのだ。実際に会ってみても、風紀委員長である凛と軽快な会話を弾ませ、悪い人ではないのだと思えた。

「でも……私、何か怒らせるようなこと言っちゃったかもしれません……」

「なに？　怒らせるような事？」

凛は眉を顰めてゆゆの言葉を反芻し怪訝な顔をする。あの状況に何ら違和感を感じていなかったからこそ、凛はゆゆの言葉が妙に思えた。

「あの時君が変な事を言ったとは思えないし、佐城も怒っていたようにも思えなかったが……」

「そう、ですね。凛さんにはそう見えたかもしれません」

「ふむ……？」

ゆゆは男性に対する苦手意識を抑え、後輩男子に対して真摯な態度に努めようと、出来るだけ彼と目を合わせて接した。だからこそ、ゆゆには彼がただあの空気のまま自分を許し、感謝の気持ちを受け取ってくれたとは思えなかったのだ。

「なんて言えば良いかよく分からないんですけど……その、佐城くん……とてもつまらなそうに私を見ていたんです」

「なに……？　アイツがか？」

興味無さげにされる分にはゆゆも恐怖を抱かない。寧ろはっきりとその様な態度を取られる方が事務的に接する事ができ、男子生徒が相手でも最低限のコミュニケーションに支障を来さなくて助かる。

だが、自分がその苦手意識を改善しようと前向きな言葉を発した直後にあのような目を向けられたのは酷く寒々しく感じた。

「あ、いえ……私の勘違いなだけですねきっと。凛さんとは仲良さげでしたしっ」

「ふむ……」

あくまでゆゆの主観で感じた事。本当に佐城渉がつまらないと思っていたとは限らない。凛としても、渉には相談に乗ってもらって改善策を見出してもらい、挙げ句その効果に満足しているため彼が悪い生徒だとは思っていない。

だが、他でもない自分を慕ってくれているゆゆの言葉である。それをそのまま静観しようとは思えなかった。

「大丈夫だゆゆ、君は可愛い」

「な、なんですかそれぇ」

凛はゆゆを後ろから抱き締めて撫で回す。最近身に付けた新しいやり方をそのまま実行し、自分は見上げられる者なのだと自覚した上で行動に移す。自分は引っ張って行くのみ。

そしてその後は、頼れる仲間達に任せようと。

幾許か経ったその後、ゆゆには笑顔が戻っていた。

◆

隗より始めよ。

かの古人がそう言ったように、俺が目を向けるべきはまだ身近なものであるように思える。身の程知らずな振る舞いで時間を無駄にし、心の酸いも甘いも手の届かないものに向けてしまった。それが間違っていたとは思わない、自分の置かれた環境を整える事ができていたならばの話だが。

きっと、俺はまだどこかで届きそうで届かないものに手を伸ばしているんだろう。

「……あ！　さじょっちさじょっち！」

「……？」

教室に入ると、俺に気付いた芦田が小声で手招きした。よく分からんけどそのまま向かって、耳を貸してみる。

「あれっ、あれ見てよ……！」

「？　……なん、だと……!?」

芦田が小さく指差す先。その奥では夏川が数人の女子生徒と仲良さげに喋っていた。しかもクラスの一部にのさばっているお下品系の女子ではない。普通の、そう普通の可愛い女子達と話しているのだ。今日は赤飯かな？

「ふっ……やったな夏川」

「何さそのお父さんみたいな眼差し……あ、ざっきーも入ってった」

「殺すぞ山崎」

「や、さじょっちはざっきーに文句言える立場じゃ無いからね」

ぐぬぬ……仕方ない。何人もの女子生徒の手前だ、いくら頭の足りない山崎だってバスケ部っぽい妙な真似（※偏見）は起こさねぇだろ。ここは見過ごしてやろう、夏川プロデュース大作戦のために……！

いや俺ほんっと何もしてねぇな……。

「そういや芦田は夏川と飯食わなかったん？」

「そうしようとしたんだけどね。その時には、だよ。アイコンタクトでエール送っといたから大丈夫だよ！」

「ほーん」

呆れた目をした夏川の顔が頭に浮かぶ。俺的にも芦田は夏川の側に居た方が良いと思うんだけどな……その方が周囲も話し掛けやすいと思うし。

しっかしやっぱり思った通りだった。夏川は人の中心に居るのが似合ってる。本当なら最初からこんな普通な俺を気にかけるような子じゃなかったんだろうな……。

「芦田も行って来たらどうだよ？　留守番なら任せろ」

「何を守ってくれんの……」

送り出した芦田が夏川を囲む生徒達に突撃する。すると夏川を含めた皆が笑って、教室が和やかな空気に包まれた。良い空気だ、プロデューサー冥利に尽きる、ご飯二杯は行けそうだ（※並食）。

端っこの方からそれを眺め、和やかな教室の背景と化す。それだけで余っていた味気ない菓子パンも何だか美味く感じた。そう、俺は遅食でもあるのだ。

今の俺でも夏川の居るあの一角はキラキラフワフワした煌びやかな空間に見える。姉貴とその取り巻きの側に居て居心地の悪さを覚えたように、俺はあそこの末端に居てもそう思ってしまうのかね……？

でも、あの夏川の姿は俺が望んだもの。遠くからそれを眺めることで、俺の心にささくれ立つバリのようなものが剥がれて行くような気がした。

夏川は好きだけど夏は嫌いだ。虫は出るわ暑いわで良いことなんかない。着込むだけで解決する冬最強だろマジで。何で教室に空調付いてんのにクーラー使わないの？　グダるんだけど。

項垂れていると突然俺のポケットが震えた。中のスマホを取り出してこっそり画面を確認すると、そこにはこう表示されていた。

【Kaedeから1件の新着メッセージがあります】

やだ何これ開きたくないんだけど。姉貴からのメッセージ？　半年前に肉まん買って来いってパシられて以来じゃないだろうか。嫌な予感しかしない。

大丈夫、今は授業中だ。未読のままスルーしても文句は言われないだろう。特に最近塾なんて通ってる姉貴なら理解を示してくれるに決まって――

【Kaedeから2件の新着メッセージがあります】

スマホ放り投げそうになった。危ねぇ、今年既に一回画面割ってんだよな。またやっちまったらお袋にしょっぴかれる。それだけは絶対に阻止しなければ。

てか何だ、無視すんなってか？　仕方ねぇから中身くらい確認してやんよったくしょうがねぇ姉だな全くもう。

【は？　おい】

や、何も言ってねぇから。怖すぎんだろ頭に〝ヤ〟の付く方ですか？　メッセージ機能って言葉で伝えるもんじゃないの？　言外の圧力強すぎるんですけど。

仕方なく画面を下にフリックし、その上の一つ前のメッセージを確認する。

【昼。生徒会室】

いやまぁ呼び出しくらってるんだなってのは解るんだけど……俺何か弱み握られてたっけか？　言う事聞かなかったらどうなるんだろう……いやまぁ行くけどさ。【首を洗って待ってろ】っと。

【おっけー。拳温めとく】

何でそんな気軽に喧嘩の準備できんの？　全く行きたくないんだけど。こんな殺伐とした姉弟他にいんの？　そして何であのイケメン四人は姉貴にベッタリなの？　弱み握られてないんだよね？

戦慄していると、スマホを握って見つめていた膝元に影が差す。

「さ・じょ・お・くん？」

「申し訳ありませんでした」

「許しません」

まぁ世の中そんな甘くないわな。指名制の課題が積み上がって行く様を見ながら、俺はまた一つ思春期に少年から大人に変わった。

◆

生徒会室ってどこだっけ？　そんな事を考えながら行ったことない場所をフラフラと歩く。時間は昼と指定されただけ。それなら別に多少遅くなっても構うまい。そんな事を画策していると、視界に何か変なのが映った。

「あのオンナッ……！」

「………」

とある教室の前で窓に噛り付いて中を覗き見る女子生徒。見た目は金髪クルクルのド派手な出で立ち。髪を染めている割には自然な髪型である。ギャルっぽさが無いところに好感が持てる。と言っても関わりたいとは思わない、金髪とか無理、目立っちゃうよ。おいちょっと、覗きっぽい事しながら尻振ってんじゃねぇよ俺の目線が釣られちまうだろうが。

そんな不審者の頭上を見上げてギョッとする。扉のところに『生徒会室』と記された札が伸びていた。いくら何でも運が悪すぎないですかね……。

だが入らなければならない。それが姉からの命令――やだ、奴隷根性が染み付いているわっ。

とにかくあのマブい女を突破して生徒会室の中に入らなければならない。何か方法はないだろうかよしこうしよう（即断）。

【生徒会室の前に何か変なのが居て入れないから帰るわ】

チクる。そして俺はこっそり後退していつもの校庭のベンチへと向かう。最強じゃね？

あの変な女に関わらなくて良い上に姉貴の呼び出しを断って俺は平穏な昼を取り戻す。ありがとう不審者、グッバイ不審者。

【確保した、面倒くさい。拳は温まっている】

事件簿かよ。積年の恨みを持つ相手を苦労の末に捕らえて復讐を果たす物語を書けそうだ。何にせよメッセージ性が強過ぎる。姉貴め、塾に通い始めて確実に国語力が上がっていやがる……！

そしてお前は逆ハー作ってライバルの女子生徒の恨みを買ってちょっかいかけられる乙

女ゲーの主人公かよ。頼むから俺を巻き込むんじゃねぇぞ。大丈夫だ、大抵イケメンじゃない設定の兄弟には何も起こらなかったはず……大丈夫だよね？

【おい、終わったから来い】

処した？　処したの？　何が終わったんですかお姉さん！　対応が迅速過ぎないですかね！

即断即決がモットーの俺。どうやら血は争えなかったらしく、姉貴も同様のようだ。溜め息をついて回れ右して生徒会室に向かう。さっきまで居た場所に戻ると、生徒会メンバー五人が総出で俺を待ち構えていた。

「お疲れっす」

「殺すぞ」

「おい発言、副会長」

「うるさい」

スタスタと生徒会室の中に戻る姉貴。入り際にオラ中に入れやと顎で煽られた。愚痴るように取り巻きの優男系イケメンの先輩を見上げると、困ったようにハハ……と笑われた。何その綺麗な笑顔、溶かされそうなんですけど。

◆

「で、何で呼んだの」

「秋の文化祭で纏めなきゃいけない資料が多いん。手伝ってよ。猫の手を借りたいとこだったけど仕方無くアンタに頼んだってワケ」

「さり気無く俺を猫以下にすんなよ……他に頼む奴居なかったの」

「アンタ事務系得意でしょ」

「は？」

「バイト。年齢サバ読んでしてたの知ってるんだから」

「は？」

あれは中学時代。あの手この手で夏川愛華をモノにする為に全力を尽くしていた時代。軍資金を手に入れる為にこっそり土日だけのバイトをしていた事があった。驚くほど俺に合っており、受験生になろうとした時に辞めようとしたら時給上げるから辞めないでくれと言われもう半年続けた事があった。結局辞めた原因は受験生なのに土日に外出していた事を両親に責められバレそうになったから。

隠し通していたつもりだった。まさか姉貴がその事を知っているとは思わなんだ。ってか俺弱み握られてたのね……キャインッ。

「何だ何だぁ？　楓の弟は不良だったのか？」

「いえ、真面目で勤勉な村人ですよ」

「や、ここ市内だけど」

活発系イケメン――轟先輩だっけ？　に返事をしたら優男系イケメンから鋭いツッコミを入れられた。左胸に付けられたネームプレートには〝花輪〟と――〝花輪〟⁉　凄くどっかの誰かとカブってるような気がするぞ！　金持ちの匂いがする……！

「べ、ベイビー……」

「うっさいほらこれやって。後で肉まん買ったげるから」

「二個な」

「は？　当たり前」

え、そうなの……？

イケメンに囲まれ説明を受けながら手を動かす。心なしか二年生の先輩である秀才系イケメン――甲斐先輩からの扱いが非常に丁重である。この人何で俺に敬語使うんだろう……それがデフォルトなんかな。

Ｋ４からはもっと姉貴にベッタリな感じを見せ付けられると思ったけど、轟先輩を含め皆が真面目に取り組んでいた。姉貴が俺を呼び付けた理由も案外必要に迫られてだったのかもしれない。

菓子パン片手にペンを動かし続けた末、もうすぐ昼が終わる時間になる。

「――ね？　言った通りだったっしょ？」

「ああ……確かに。各部からの申請理由に対する反対コメントにはよくスラスラ言葉が思い付くなと思った」

「あ、いや、その……」

クール系イケメン――結城先輩が俺を絶賛である。難癖付けるのが得意でして、はい……伊達に姉貴の理不尽を回避して来た訳じゃないんだよ。まぁ今現在こうして回避できず理不尽やってるけども。

「まさか明日からも呼び付けるわけじゃないよな？」

「わかった。エロ本も買ったげるから、デカいやつ」

「デカいやつ」

デカいやつとは如何に。まさか俺の趣味のこと言ってる……？　ちょっと待って、だとしたら何で知ってるの怖いんだけど。この人自分の弟のこと掌握し過ぎじゃない？　え待って、女子って個人単位でこの情報力持ってんの？　すげぇなJK、天職スパイだろ絶対。

「明日もよろ」

「わぁったよ」

仕方無く返事をする。決して〝デカいやつ〟に唆されたわけではない。俺の力を必要とする人達が居るからだ……！　その為に俺は仕事をするんだ！（白目）

生徒会室前で別れ、それぞれの学年の教室へと戻って行く。偶然にも二年の秀才系イケメンこと甲斐先輩と方向がカブったから一緒に歩く。生徒会メンバーは全員漏れなく比較的高身長だからあまり隣を歩きたくないんだけど……。

「楓さん、渉さんのこと心配してましたよ」

「……え？」

突然話を振られて肩を竦めてしまう。一拍遅れて内容の突拍子の無さに聴き返してしまった。これは幻聴だろうか、きっと仕事のし過ぎ（※三十分）で疲れているんだろう。

「『二年生の時期に思い悩むような男子特有なものは在るか』って、変な角度の訊き方をされた時は困ってしまいました」

「絶対に思春期的な何かと思われてるじゃないっすか」

「何の事やらと思いましたが、弟君の事だったとは思いませんでしたよ。後輩に好きな男でも居るのかと思いました」

それであの朝の全員集合か。轟先輩の威嚇っぷりも納得できるな。甲斐先輩が俺と姉貴の関係性を細かく尋ねて来た理由もその確認だったに違いない。さては俺を恋敵だと思ったな？

「『たぶん間に合わなかった、自分のせいかもしれない』とも言っていました」

「ちょっと、人を勝手に終わった奴にしないでくださいよ。俺は別に何も手遅れじゃないっすよ」

「でも、楓さんはそう感じているそうですよ」

「はぁ？　何すかそれ……」

思春期的な何か……か。実はそうなのかもしれない。高校生なんて客観的に見てまだまだ子供の内だと思うけど、こうして色々考えてる自分を顧みて『よし子供じゃない』なんて勝手に満足したりしてる。そうやって考え尽くさないと、ある瞬間に思い描く理想と現実の差に不意打ちされて身動きがとれなくなるからだ。

俺は、打ちのめされたんかね。別に絶望なんてしてないし、ただ今までの自分を見て何やってたんだろうって、恥ずかしくなっただけだ。こんな事を考えてる事すら思春期だからなのかもしんねぇな。

ただ、これが姉貴のせいで？　いったい何の事だ……？　全く心当たりが無いんだけど。

「しかし楓さんが言っていた事は間違っているように思えませんね。確かに、君はどこか諦めたような目をしています」

「そんな還暦越えた俳優みたいな説教言わんでくださいよ」

「楓さんが言うには『アタシ達は目だけは似ているはず』だそうです。ですが、実際に見てみると目すら似ていないので。本当に弟さんかどうか疑ってしまいますよ」

「俺は最初からどこも似てないと思ってましたよ」

小学生の頃、間近で姉の振る舞いを見てよくあんなに友達をたくさん作れるなと思ったもんだ。あんなに多くの人と接して疲れないのかと。本人は普通にしてたらこうなってたって当たり前のように言ってたけど……それを聞いて、ああ俺達は姉弟なのにこんなにも似てねぇんだなって思った。

それから深い事は考えずに過ごして夏川に惚れて幾年。思春期が色々と思い悩む時期っつーのなら俺の中学時代は夏川の事で頭がいっぱいいっぱいでそんなものは無かった気がする。いつのまにか夢や理想やらに取り憑かれてたから、深い事を考えたりなんてして来なかったんだ。それが今頃遅れてやって来たのかもしれない。

よく考えたら俺は小学生の頃は小生意気な性格だった気がする。もしかしたら中学生から最近にかけての俺よりよっぽど現実見てたのかもしれねぇな。

「姉貴がまた俺について何か言ったならこう返してやってください。『男らしい目付きになっただけだ』と」

「それはまた。成る程、それなら唯一の似ている点も似なくなるはずですね」

「唯一じゃないですよ、DNAは似てます」

「身も蓋もないですね……」

DNAも似てなかったらどうしよう。もはやそれ親が違ってくるな……もしそうなら俺も姉貴の取り巻きじゃん、絶対に嫌なんだけど。いやいや、きっとつむじの向きとかは同じはず……。

「ま、俺もたぶんデリケートな時期なんですよ。ベッドに置いてたRadioが壊れだす年頃なんです。そっとしておいて欲しいんですが」

「ふふ、でもお姉さんは君を手元に置きたがってますよ。見えるところにおいて、弟である君の変化を見逃したくないのでしょうね」

「その意識を甲斐先輩方に向けたら良いと思いませんか。弟からすればイケメン男子そっちのけでどうかと思いますけど」

「おや、嬉しい事を言ってくれますね。認識を改めましょう」

むしろ今までどんな認識だったのでしょうか。それと姉貴の名前出すたびに一々顔に影作るのやめてくれませんか。優しい口調とは裏腹に怖い迫力があんだよこのイケメンが。たぶん甲斐先輩ってキレたらめっちゃ乱暴な口調になって喧嘩っ早くなるタイプだよな……絶対に下手な事言うのやめよう。

「では僕はここで」

「はぁ、ではまた」

三階に向かうところで別れる。秀才系イケメンの背中を見送った後に漂うこの空気、何だかちょっと前まで凄く頭の良い会話をしていたのではないかと錯覚してしまうような余韻があった。加えて俺はイケメンと親しげに会話できるんだという謎の優越感。何と比較してそんな気分になってんのかさっぱりわからんけど。やっぱイケメンぱねぇわ。世界のどこかの誰かの何かを救う力があるな（漠然）。

「…………おん？」

我がC組の手前まで来たあたりで教室内が賑わっているのがわかった。開けっ放しの入り口から中を覗き、最近では珍しくなくなった光景を見て思わずニッコリ。

……うむ。

教室の真ん中後方、夏川の机を取り囲む複数の男女。少しばかり男子の割合も増えてむむとなったけど、これが夏川愛華本来のアイドル性なんだと納得する。でももし触るような真似したら許さんからな覚悟しとけよ山崎ィ……！

「わー、これが夏川さんの妹？」

「可愛い！」

　どうやら話題は夏川の妹のようだ。夏川はスマホに保存してある写真を皆に見せて照れ臭そうに微笑んでいる。うん、女神。

　そういえばいらっしゃいましたねと甲斐先輩っぽく考える。中二の時に三歳だったから、今はもう五歳になんのか。もうすぐ小学生だな、見たことも会ったこともねぇや。だって俺がその事に触れると夏川さん怖い顔すんだもん。

「妹さん可愛くて良いなぁ……ねぇ夏川さん会いに行っちゃダメかな？」

「え、ええっ⁉　う、うちに……⁉」

　おおっ……⁉　あれはほんわか系女子の白井さん！　思ったよりグイグイと夏川に迫っている。夏川がしどろもどろになってる感じがグッド。良いぞもっとやれ白井さん！　尊い！

　夏川の晴れ姿に喜んでいると、前の席だった時と同じ感覚で教室の後ろ側の扉から入ってしまった。結構な人数が夏川の近くに居るから逆に目立ったんだろう、数人の生徒が俺に気付いて、それに加え芦田と夏川とも目が合った。

「あ！　さじょっちー！　見て見て愛ちの妹ちゃん！　可愛いよ！」

「おお、食べちゃいたいくらいだな」

「それはどうかと思うよさじょっち……」

夏川のスマホを持って芦田がわざわざ画像を見せて来た。はぁこれは天使、溜め息もんである。将来的に夏川に匹敵するくらいの美少女になりそうだ。こんな妹が居たら抱き上げるだけで一日の疲れが吹っ飛びそう。

んな事より大丈夫これ……？　夏川怒んない？

「今ね今ね！　皆で近いうちに愛ちの家に行かないかって話をしてたのー！」

「マジかよ俺レベル足りないんだけど」

「や、夏川さん家別にダンジョンじゃねぇから……」

サッカー部の佐々木が呆れたようにツッコミを入れて来た。やるじゃねぇか、え？　サッカー部の奴ってそういうゲームとかした事あんの？　良いとこウイイレやってるイメージしかないんだけど。それにしても皆でですか……。

「大人数で大丈夫なん？」

「ふ、ふんっ……！　アンタみたいなのは近付かせないんだから！　愛莉に悪影響を与えるわけにはいかないもの！」

「ハハッ、だよな」

「え……」

俺だったらあんな可愛い妹が居たら絶対に男は近付かせない。特に山崎と佐々木、テメェらにゃ写真すら見せねぇぞざまぁみろ何言ってんだ俺。

兄弟とかうちは姉貴だけだからな……妹なんて贅沢は言わないから弟が欲しかった（※贅沢）……お兄ちゃんステータスを鍛えれば妹的女子にモテると話に聞いた事がある。や、でもその場合はその子の実の兄という壁を越えなけりゃならないんじゃ……。楽な道なんて無いんだな、そんな度胸無いわ俺。

アホな事を考えてたらこれから何日もあの生徒会室に通わないといけない事を思い出した。考えただけで疲れそうだ……暫く大人しくしてよう、レベルどころかＨＰも足りなくなってしまいそうだ。

「おい。もう昼終わってんぞ席に着け」

「うわ、先生来たよ」

「〝うわ〟とは何だ〝うわ〟とは」

やって来た数学担当の長谷部が教室の中心に固まってる芦田や山崎達に呆れた目を向けている。その蚊帳の外になっているというだけで自分が平穏な場所に居るのだと実感できる。やっぱり隅っこで大人しくしてた方が面倒事は避けられるもんなんだな。

「もうさじょっち！　怒られちゃったじゃん！」

「俺のせいにすんなってば」

「………あのさ、さじょっち」

「んー？」

「……ううん、何でもない」

「………？」

よくわからんが面倒な絡みはして来なかった。空気を読めるようになったじゃないか芦田。良いぞ、そのままコーナー系男子にも優しいお茶漬けみたいな奴になってくれ。俺も小栗旬になる（願望）。

夏川については思うように事が進んで気分が良い。空回りしないっつーのは自分が身の丈に合った振る舞いをできてるという証拠だ。手に負えないようなもんは生徒会室前の不審者の件しかり誰かに任せておけば良い。姉貴は妙な心配をしてるみたいだけど、俺はこうする事に何か問題があるようには思えない。

結局、何だかんだ平穏で居られるのは目立たない奴なんだ。

10章 違和感の正体

　放課後。新地開拓を求めて立ち上がる。夏川以外考えられなかった期間が長かったため多くの新作を読めていないのだ。家に帰って姉貴が買ってきた肉まんを頬張りながら読むとしよう。自堕落 is God。

「ね、ねぇ……」

「っとと……何だ？」

　まさに帰ろうとした瞬間、夏川に引き止められたと思って思わず振り返ってしまった。名前を呼ばれなさ過ぎて俺の事だと思ってしまったのだ。やっべ勘違いした！　と思ったけどどうやら夏川が引き止めたのは本当に俺だったようだ。恥ずかしい失敗をしなくて良かった……。

「えと、夏川？　どうしたんだそんな慌てて」

「べ、別に慌ててなんかないわよ！」

「おぉ……」

速やかに帰ろうとした俺をわざわざ呼び止めて近付いて来るほどだ。結構距離あったと思うんだけど……気のせい？　まさか縮地？　そんなに俺に会いたかったの？　や、ごめんて。

「ア、アンタさ……本当に来ないの？」

「来ない……？　ん？　何のこと――」

「なんだ、こっちの終礼も終わっていたのか」

「は……？」

突然響き渡る低くよく通る声。低いっつっても男の声じゃなくて、凛とした女性の声。だからこそ誰の声よりも聴き取りやすかった。

「キャ、凛様……⁉」

まさかの大物の登場に芦田が歓喜の声を上げた。

風紀委員長、四ノ宮凛先輩が教室の外から顔を覗かせていた。視線を彷徨わせることもなく、入って直ぐそこに居る俺と目が合うと顔を綻ばせ――綻ばせた⁉　ちょっとそのまま俺の姉と中身入れ替わって来てくんないすか⁉

え、何これ。放課後になった瞬間俺の元に美女が二人もやって来るってこれどんなラノべ主人公？　胸の高鳴り半端ないんだけど。ど、どっちを選べば良いんだ⁉　どう思う芦田⁉」

「……よく分かんないけどさじょっちが馬鹿な事考えているのは分かるよ」

「冷静な分析やめてくれませんか」

　このデータベース系女子め……！　青春に飢えがちな男子の心を見透かすなんて残酷に他ならないんだぞ！　本当に馬鹿な事しか考えてないんだからやめてくれません⁉

「やぁ君たち。やっと長い一日が終わったところだと思うが、少し佐城を借りても良いかな？」

「どどどうぞどうぞ‼　煮るなり焼くなりＳＮＳに晒すなり！」

「おい芦田ゴルァ」

　三つ目が前二つより残酷に聴こえたぞ。俺をＳＮＳに晒してもインスタ映えすらしねぇぞ。え？　つぶやく方？　バズったらどうしてくれんだこのアマ！　髪型整えないとっ……！

　ふざけながらなるべく四ノ宮先輩と目を合わせないようにしてると、さっきまで話していた夏川と目が合った。

「あ、悪い夏川。何だっけ？」

「な、何でも無いわよ！　良いから行け！」

「ハッ、承知いたしました！」

「……君達は不思議な関係なんだな……」

そうでしょう？　と四ノ宮先輩を見ると困った顔で見返された。すみません、今日は調子が良くてテンション上がってるんです……もう少しお付き合いくださ――くださらなくて良いんで帰って良いですか。ちょっと面倒な予感しかしないです。

そもそも四ノ宮先輩が俺に用とは。稲富先輩の件は済んだはずだし、これ以上俺に何か用があるとは思えないんだけど……。

「場所を変えよう」

「……？」

「……」

教室から連れ出される俺の背中を、夏川と芦田が寂しそうに見つめていた。※妄想

◆

「――で、ここすか」

「ああ、ここだ」

生徒指導室。そこはこの学校の風紀を乱すような生徒が説教やペナルティを受けるために使われる独房のような場所。一定の権限を有した生徒には自由開放される場所でもある。

「いい加減、他の生徒や先生に見られるの嫌なんですけど……」

「ふっ、周囲の囀りなど気にするな」

「囀り」

流し目からの言葉選びが格好良過ぎるんですけど。この人自分より格好良い男捕まえるの苦労するんじゃないかな。ていうかあまり先生方と癒着してないんですね、何だか意外……風紀委員会ってもっと学校側に従順な感じだと思ってた。

「それで、用とは？」

「先ずは礼から言おう。君のアドバイスのお陰で早速ゆゆを上手くフォローする事が出来ている。極力寄り添う事が全てではないと分かったよ」

「そっすか。主観の言葉でしかなくて通用するか分かりませんでしたけど、上手く励ませたのなら良かったです」

「ああ、助かったよ。君には誰かを支える力がある」

「いえそんな事ないです」

随分と高評価だ。そこまで熱を込めて言ったわけじゃないんだけどな……何が人の役に立つか判んないもんだ。

にしても、稲富先輩はまた落ち込むような事でもあったのかね。見るからに打たれ弱い印象ではあったけど、知り合いの癒し系の少女がそうなると心配になっちゃうな。何か甘いものあげたくなっちゃう。和菓子。和菓子かな。

「――だからこそ、私には君が余計にわからなくなった」

「…………はい？」

名前通り、凛とした目で彼女は俺の目を覗き込むように顔を近付けた。急な展開に思わず目を逸らして仰け反らざるを得なかった。いや背中ぶつけたんだけど、この部屋狭過ぎない？　やっぱ独房かよ。

「その、何だ。ゆゆがな……君に理解を示してもらうことは出来なかっただろうと落ち込んでいたんだ」

「ええ？　……はは、何言ってるんすか。〝男子生徒に対する苦手意識の払拭〟でしたよね？　良い目標だと思いますけど」

「私もそう思う。だが、話の焦点はそこじゃないんだ」

「いや、ちょっ……」

四ノ宮先輩は再び俺の目の奥を覗き込むように顔を近付けて来た。大袈裟に顔を近付けられ、逃げ場を無くして目を逸らす事しか出来ない。何これ？　病院で注射される直前の雰囲気あるんですけど？　まだ終わんない？

「ふむ……佐城」

「な、何でしょう」

「私は君の本音に興味がある」

「や、別に嘘吐いてなんて……」

「あの時はゆゆと君の問題だから気付けなかった。だが今は分かる、今の君は私にアドバイスをくれた時の目とは違うんだよ」

「……それは」

……何だ？　どいつもこいつも、どうして俺の目の事ばかりを気にするんだ？　どう見ても普通の目だろ。俺は俺の平穏のため、ただ角が立たない様にしているだけだろ。どうしてそれを咎められるように追及されなけりゃならないんだよ。まさか俺が空気を読めていないってか？　普通自分の言ってる事に相槌打たれたら嬉しいだろうよ。そうやって俺は色んなもんを受け流してんだ。それなのに何だか最近は周りなんだか小うるさい。

それが続いたせいか、少し感情的になって本音を零してしまった。

「——呆れただけですよ、稲富先輩の常識外の怯え方に」

「……ゆゆに、その原因となった過去があるとは思わないのか？」

「思いますよ。ですが、それと男子に対する苦手意識を払拭しようとする事を結び付けてたら前に進めないでしょ」

「……………続けたまえ」

どうしても稲富先輩に対して棘のある言い方になってしまう。その度に四ノ宮先輩の眉がピクリと動くけど、俺の言葉についてどうこう言い返すつもりは無いみたいだ。

「稲富先輩が俺に謝ったのは俺のためというだけではないと思います。〝人の厚意を無下にしてまで苦手意識を発揮した自分に嫌気がさしたから〟、だからあの瞬間の出来事を俺に謝ることで清算したかったのだと思いました」

「不満か？」

「いいえ。寧ろ心から賞賛致します。問題はその後、稲富先輩はその出来事を踏み台にして、自分は苦手意識を払拭するため今まさに努力をしているんだと、そんなニュアンスの事を言いました」

「………」

　胸の奥が冷め切っているのが分かる。恐るべき風紀委員長が縮こまりながら話す俺を見下ろす。そんな彼女の親友に対し、今俺は咎口を叩いているんだ。開き直ったせいか、いつの間にか四ノ宮先輩の鋭い眼差しなんかどうでも良くなっていた。

「――でも本当にそうなら、稲富先輩は四ノ宮先輩を連れて来るべきじゃなかった」

「……！」

稲富先輩の男に対する苦手意識。俺の前から逃げ出す事でその払拭から一歩遠のき、謝る事で元に戻るはずだった。だけど四ノ宮先輩という味方を引き連れて来るってやり方は最初の恐怖と後の勇気の釣り合いが取れてない。前に進むどころか半歩下がったままなんだよ。

「何言ってんだこの人はって思いました。ただ、それだけです」

「……成る程な」

理屈で考えれば俺は自分の言ってる事が正しいと思う。けど、一般の物差しで考えたら話は変わって来る。

たぶん間違ってるのは俺の方だ。高校生がどいつもこいつもそんな深く考えて行動なんかしてるわけがない。ただ俺が、風紀委員の人間だから高い向上心を持ってるんだなって勝手に高く買ってただけだ。だから余計に失望してしまう。

「手厳しいのだな君は」

「そうでもありません。マスコットとしての稲富先輩には尊さしか感じません」

「同感だ。寧ろ私はほとんどそういう風にしか見ていない」

いやちょっと？　それはそれでどうなんですか。もうちょっと歴とした風紀委員として扱ってあげても良いと思うんですけど。

「でも、そうか……私にとっては可愛い後輩でしかないが、君にとっては先輩として頼もしくあってほしいのだな……」

「ああ、それはあるかもしれませんね。同い年か後輩なら、そんな細かい事は気にしなかったかもしれません」

「成る程な……」

乗っかって意見を述べると、四ノ宮先輩は困ったように眉を八の字にして笑った。稲富先輩は盲目的な可愛さがあるからな、夏川ほどじゃないけど。後輩のさらに後輩からの言葉は目からうろこな部分があったのかもしれない。

「先輩は、稲富先輩がめっちゃ大事なんですね」

「それはそうだが、彼女だけではないよ。佐城、君はもはや私が目を掛けている後輩さ」

「ええ？　俺って風紀委員長に目ぇ付けられてるんすか？」

「コラ、その言い方は私が傷付くぞ」

だってそれ普通じゃないし。生徒会と風紀委員会に顔と名前を憶えられてる一年坊主って何なんだよ。普通じゃねぇよ誰か助けてください。

結局、四ノ宮先輩は噛み付くような態度の俺を窘める事はしなかった。とは言え思うところもあったんだろう、俺がいち早く生徒指導室を出て振り返ると、考え込むような表情で施錠する先輩の横顔が見えた。

俺は、何も見なかった事にした。

◆

姉に連日呼び出されたからと言って誰が好き好んで生徒会室などという場所に近付くだろうか。普通に考えても用事があったりする奴か、あるいは長たる生徒会長と親しい友人か。いや、もう一つある。

ストーカーだ。

「……あのオンナッ……！」

生徒会室の扉、そこに齧り付くように引っ付いて中を覗き込む不審者。いる、今日もいらっしゃるわあの子……前と全く同じセリフを零してキーキー鳴いてる。ストーカーやるにはそのド派手な金髪クルクルの頭は不向きじゃないだろうか。スマホポチー。

【そんなに私を生徒会室に入れたくないのッ⁉　あんな用心棒が居るなんて聞いてない！　もう帰る！】

っと。

『～♪』

「あ」

「あんなに近くに――――え？」

スマホ、マナーモードにしてなかったの巻。静かな廊下で俺のメッセージ受信音が響いた。思わず声が出ちゃって、彼女の尻越しに俺と目が合う。あれ？　パッキンとかそんな髪型ギャルしかやんねぇよって思ったけど意外と清楚……どころか上品っぽい？　いや一瞬だけだったわ、こっちに屈んでケツ向けてる時点で痴女。

「……」

「……」

奴は超驚いた顔でこちらを見ている。驚いたのはこっちだよ。【は？　十枚追加な】ってなんだよアレを突破しろと？　てか超こっち見てんじゃんどうすんの、どうすんのよ俺

……！

「……な、なんですの」

や、別に何も用は無いんんっ⁉　今何つった⁉　自然過ぎて一瞬流しかけたけどとても稀有な口調ではなくて？　あれ、よく見たら日本人っぽくないな……あ、ハーフ？　オホホホホ。

「何でもございませんよお嬢様」

「あ、あらそうなの。わ、わたくしは偶然通りかかっただけよ？」

口を滑らせて過去に例を見ないほど丁寧な口調が出てしまったが、パッキンお嬢様には何の違和感も感じなかったようだ。なんかわざとらしく凄く上品に笑いながら向こう側に去ってったわ。よくわからんが撃退できたらしい。

姿形が見えなくなったのを確認するとそのまま生徒会室へ。余計なメッセージさえ送んなければまだマシな仕事だったかもしれないけど、あの有言実行の姉だ、本当にこの前より多く手伝わされそうだ。

◆

「で、何なんすかあの金髪っ子」

「は？　なにアンタあんなのがタイプ？」

姉貴に問われ、そういえばまだそんな風に考えてなかったなと思う。

……ふむ。タイプと言われれば確かに顔は整っていた。口調からしてもお金持ってそう……最低な感想しか浮かばねぇ、どっちにしても目立つ金髪とか近寄りたくない女子ナンバーワンと言っても過言じゃねぇわ。

「キープで」

「鏡見てこい」

「わはははッ！　辛辣！」

轟先輩に大ウケ。もう喋り方からして事務系に向いてないわな。あの人の机の上に割り振られた書類の少なさよ。ちょっと扱い方を覚えたかもしれない。

「茉莉花が悪かったな、渉」

「あ、はい、え？」

普通に会話に参加した結城先輩。おそらくあの子の本名であろう名前を呼び、そして普通に俺の名前を呼んだ。あまりに自然過ぎて訊き返しちゃったよ。すげぇ親しげじゃん。

俺の反応が面白かったのか、花輪先輩が説明してくれた。

「彼女は颯斗の許嫁なんだ」

「おい、蓮二」

「へぇ……え？」

はぁ!?　許婚!?　この世にまだそんなのが存在すんの？　あの子もそうだったけどもしかして結城先輩ってお金持ちだったり？　そうじゃないと許婚なんて今日日ならないでしょ。

驚いて姉貴の方を見ると片手で頬杖を突いて不機嫌そうに黙々と作業を進めていた。何かあんまり興味無さそうだな。

けど状況は読めた。あの子は結城先輩の許婚ってか彼女みたいなもんで、向こうはそれが満更ではないんだ。だから近くに居る女の姉貴が気に食わないんだろ。学園ドラマとかに出て来るライバルキャラかよ。

って思ったけどリアルに考えるとシャレにならなくない？　実害あったらすげぇ嫌なんだけど。

「ちゃんと手綱握っといてくださいよマジで」

「あ、ああ……肝に銘じとく」

結城先輩があの金髪女子について、ひいてはこの許婚関係についてどう思っているか。そんな当人の感情なんてどうでも良い。所詮そんな個人的感情なんて社会じゃどうにもならないだろうし。家同士の関係で許婚なんてなってんならどうこうしたところで変わるもんでもないだろ。これは学園ドラマじゃねぇんだ。信じてるぞ先輩。

佐城家に影響が及んだらマジで許さない。

「はっ、あんなん一声で蹴散らせるし」

俺の気持ちを汲んだんだろう、姉貴がわざとらしく妖艶っぽく脚を組み替えながら余裕そうな顔を向けて来た。実害？　何ですかソレ？　このゴリラに害を加えられる存在がこの世に居るとでも？　超余計なお世話だった気がする。

アレだな、姉貴の周囲って環境だけ見たらありがちな学園ドラマみたいだけど当の本人が主人公のソレじゃないんだよ。格闘系の女子高生ってなんだよ……。

「ほら、終わったぞ姉貴」

「……早いな」

「追加ね」

教室に帰る準備をしながら仕上げた書類を纏めると机の上に新たな書類が追加された。

姉貴ィ……結城先輩のお褒めの言葉が一瞬で掻き消されたんですけど。血の繋がり一つで絶対に扱いが違うよな……。

「………ねぇ」

「……」

「アンタよアンタ」

「あ、俺」

急に話しかけられたから俺じゃないかと思った。でもアンタって言われて俺って分かっちゃうのってどうなんだろうな……でも明らかにこん中でそう呼ばれるの俺だけだろうし……。

「あの子とどうなの。あの子、夏川さん」

「おお？〝あの子〟ってこの前の？　弟っちの彼女さん？」

「へぇ、意外だね」

いやちょっと待ってください。この場で話します？　軽く晒しなんですが。姉貴もどうなのって絶対分かってて訊いてんじゃん。進展なんかあると思ってんのかこのメスゴリひいぃいっ⁉　睨まないで‼

「献身的な従僕として邁進しております」

「ほぉん、じゃあ毎日一緒に居るのね」

「いや……遠くから」

「この〇〇野郎」

「きさま」

幾らお姉様とて許せぬ。今なら手から気弾が放てそう。でも何故だろう、姉貴が片手で弾く姿が想像できちゃう。そして倍返しを食らうまでが様式美。

俺と夏川の関係性について何か誤解されてるようだから懇切丁寧に説明してやる。

「あの顔と立ち居振る舞い見たろ。俺がどうこうできる人じゃねぇっつの」

俺を引き合いに出す。これ以上説得力のある説明はねぇだろ。見た目！　能力！　性格！　何一つ比肩しておりません！　オラァ！　目から汗汁ブッシャー！

「はあ？　やってみなきゃ分かんないじゃん」

「もう二年近くやってみたわ」

「あの子が……アンタが前から騒いでた子だったんだ」

「別に騒いでねぇよ」

「や、騒いでたから」

いや騒いで——ましたね。お陰様で今になって慎ましく生きられるようになりました。分相応な振る舞いに切り替えたお陰か、最近は色々と上手く行っております。この今の理不尽な状況を除いてなぁッ！

尻に敷かれるなんて言葉があるけど姉貴は結婚してもそれに止まらないだろうな。ヒップドロップしてそのまま椅子として使っちゃいそうだ。だけど俺の頭の中の義兄さんはとても喜んでいる、何故だ。

「——で、こっ酷くフラれて腑抜けたわけね」

「は……？」

急に斬りつけられたような感覚だった。あまりに突飛な邪推をされたもんだからついイラっとしてしまった。無意識のうちに顎を引いて見上げるように姉を睨む俺がいた。

……いや落ち着け。事実じゃねぇか、俺が夏川にフラれるなんて日常茶飯事のこと。何を今更怒る必要があんのよ。

「……そうだな、もう何十回もフラれちまったよ」

「なんじゅっ……アンタ、そんなに告ってたわけ？」

「ああ。大真面目に、冗談抜きの話だ。全くもって身の程知らずな話だろ？」

どうだ！　これで俺の熱意がどれだけのものだったか伝わっただろ！　姉貴が言うようにたったの一度で折れるような男じゃないんだよ俺は！　自分のスペックすら理解してないピエロではあったんだけどね……。

「——昔から、姉貴やお袋が教えてくれてたはずなのにな……」

「……!!」

キモい、モテない、バカ、アホ。姉貴からは足蹴りに掌底、コブラツイストにキャメルクラッチそして熱い拳。ちょっと待って、姉貴の技のバリエーション多くない？　総合格闘技かよ。そのうち延髄斬りとか付き合わされないよね？　やっべ今更怖くなってきた。

「も、もう良いだろ？　昼休みも終わりそうだから戻るわ。先輩方も、大変だろうけど頑張ってください」

「え、ええ……渉くんも、めげずに頑張ってください」

ちょ、甲斐先輩。泣きそうになるんでやめてくれませんか。色々と諦めて不遇の扱いを受け入れた凡人はそこを理解されて励まされると簡単に泣いちゃうんですよ！　その辺の村人Aなんか忘れて姉貴に尻尾振っててください！

イケメンは性格もイケメン。見た目は内面の一番外側とはよく言ったもんだ。この人達と接してるとそれをまざまざと見せ付けられる。そのせいか、俺は廊下のガラスに映る自分の顔を見て唾を吐き捨てたい気持ちになった。いややんないけどさ。

11章 ♥ 女神は耽る

　わからない。

　わからない。渉も、私自身も。どうしてこんなにモヤモヤしないといけないんだろう。

それも全部渉のせいだ。

　席替えがあった。私は一つ後ろの席になって、アイツは廊下側の一番前の席に移動した。うるさい奴が離れて少しは静かになるだろうと思って嬉しかったし、先生にも指されやすい席になってざまぁみろとも思った。

　でも、何で？　何でこんなに居心地が悪いの？　私は誰にも邪魔されず普通に居るだけ。好きな時に誰かと話して、好きな時に一人になる。こんなにも好きなようにしてるのに、どうして……？

　圭が渉の後ろに座った。席替え初日から圭は積極的に渉に絡みに行っている。それを煩わしそうにしてるアイツの姿を見て、私以外には本当にあんな感じなんだと思った。でも、それは最初だけ。

知り合いが近くにいる。だからよく話しかけるのは当然の事だし、いくら渉（アイツ）といえども圭とだって普通に話すようになる。最近は仲良さげな姿をよく見る。

私の周りに、そんな人は居ない。

だからか圭は時間が空いたら私に会いに来る。休み時間はよく私と話してるし、その間はとても楽しくなる。他にも、前からちらほらと話していた子が私と話しに来てくれるようになった。

反対に、渉（アイツ）は私の元に自分から来なくなった。

ある時の事、学校に向かってたら渉（アイツ）が前を歩いてた。気付いた時には思いがけず話しかけちゃって焦（あせ）ったけど、渉（アイツ）は聴こえなかったのかそのままスタスタと歩いて行った。ついカッとなって襟（えり）の後ろを掴（つか）んで振り返らせたら渉（アイツ）の顔が勢いよく目の前に近付いて来た。ふ、普通びっくりするじゃない？　つい鞄（かばん）で強く押（お）してしまったのは仕方がないと思うのよ……。

『激しい愛情表現だな……』

『そ、そんなんじゃないわよ！』

久々に話したなって思った。渉（アイツ）の馬鹿っぽい言葉も久々で、喉（のど）の奥からスルリと辛辣な言葉が出て来た。そのやり取りがどこか温かくて、酷（ひど）い事を言いながらも口元が緩（ゆる）みそうになってる自分が居た。

なのに、その時渉は会話を終わらせるように私に背を向けた。

待って。

それが普通に言えたら良かったのに、私は相手が渉だからと強引に引き留めてしまった。その時初めて渉の苛立ったような顔を見た気がする。今までそんな事は一度も無かったのに、私は急に渉が怖く思えて小さな声しか出なかった。

そこからは一緒に学校に行ったけど、ほとんど会話をする事は無くて……その日は一日中気分が乗らなかった気がする。

それからまた暫く経ったある日、通学路に不審者っぽい先輩達が居た。どうしてか道の両側に分かれて立っていたから怖くて通れずに居ると、渉とそのお姉さんに鉢合わせした。渉とは違ってクールでカッコいい女性……本当に血が繋がっているのかと疑ったけど、渉の遠慮無い態度を見て姉弟なんだなって思った。あんなに殺伐としたくはないけど、私も妹の愛莉と遠慮の無い関係になれたらなって思った。

あの時は異常事態で当たり前のように一緒に登校したけど、渉と話したのはまた何日か振りだった。前に話した時の事は忘れてくれていたようで、いつもの馬鹿な渉だった。

でも時々私をまるで冷たい女みたいな扱いをするのが気に食わない、何で一緒に学校まで行っといて途中で置いて行くなんて発想になるのよ……それに私は顔が格好良いからって簡単に惚れるような女じゃない……た、たぶん。

意外そうな顔で此方を見る渉に怒りながら教室に向かっていると、圭が教室から飛び出してこっちに走って来た。何でも風紀委員長の四ノ宮先輩が怒っているとかどうとかで……ちょ、ちょっと何したのよ渉。

聞けば、渉が四ノ宮先輩に偽名を名乗っていたらしい。〝山崎〟って……山崎君の名字じゃない。何で他人の名前使っちゃうのよ……。

四ノ宮先輩はそれこそ格好良くて女の子の憧れだ。圭も目をハートにして先輩の事を見つめている。そんな先輩の側には二年生の稲富先輩も居た。一年生の私が言うのもなんだけどとても可愛らしい。抱き締めて頭を撫でたい。

渉は目の前で先輩達と昼に会う約束を取り付け、実際に四限の授業が終わるととても面倒そうに教室を出て行った。皆が半笑いでその背中を送り出していた……う、うん、とても男女的な用事じゃ無さそうね……名前を偽った事は怒られるとして、そもそも先輩達は何で渉を探していたんだろう……。

久し振りに周囲で渉が話題に上ったのを見た気がする。最近は何だか落ち着いていると思ったけどそうじゃなかったねって、近くの白井さんが友達とにこやかに話している。アイツは何をしても呆(あき)れられちゃうのね……。

嫌(いや)な予感はしてたけど、アイツの話題で盛り上がっているうちに彼女達(かのじょたち)は私を話に加えて来た。

「えっと……夏川(なつかわ)さん。最近佐城(さじょう)くんと話してないよね。何か有ったの？」

「え……」

ドキッとした。一瞬、前に圭が藍沢(あいざわ)さんに訊いたようなデリケートな質問のように思ったけど、よく考えなくても私と渉(アイツ)は付き合ってないし、渉(アイツ)が私に好意を向けていることなんて周知の事実だった。深く考えるのはやめよう、白井さんはきっと軽い気持ちで訊いただけなのよ……。

「べ、別に何も無いわ。最近は何か忙(いそが)しいみたいだし、席も離れたんだからこんなものじゃないの？」

「あ……そうなんだ。良かった……喧嘩(けんか)したわけじゃないんだね……？」

うっ、眩(まぶ)しい。白井さんとそして一緒に居る子達も本気で私や渉(アイツ)の事を心配しているのがわかる。何でそんなに自分の事のように考えられるのよ……そもそも私と渉(アイツ)は仲良くなんてないじゃない。

「そ、そうよっ。私だって妹の世話とかで忙しいんだから」

「わぁ……夏川さん、妹さん居るの？　いくつ？　他にきょうだいはいるの？」

「う……」

何故か話は盛り上がり、白井さん達は私についてあれこれ質問して来た。こ、こんなの慣れてないっ……どうすれば良いの⁉

私は慌てて(あわ)スマホを取り出し、秘蔵の愛莉フォルダを展開して彼女達にスマホごと渡した。それを見て白井さん達は目を輝(かがや)かせて可愛い可愛いと言い出し、その場で悶(もだ)え始めた。ちょ、ちょっとそんな声出さない方が……男の子達も居るのに……！

圭がフォローに来てくれるまでそれは続いた。

愛莉の事を機に、私は周囲の人達とよく話すようになった。白井さんには弟さんが居て、悪戯(いたずら)ばかりするんだって困ったように笑ってた。『白井さんは優(やさ)しいし、もし私のお姉さんだったら何でも許してくれそうだから悪戯(いたずら)するかも』って言ったら照(て)れ臭(くさ)そうに笑っていた。なにこの子可愛い……。

ふと渉のお姉さんを思い出した。格好良いとは思ったけど優しそうだなっていうのは正直……うん、たぶん悪戯(いたずら)はできないでしょうね。

サッカー部の佐々木(ささき)君にも妹さんがいるそうだ。中学生にもなったのに自分のベッドの中に潜(もぐ)り込んできて反抗期(はんこうき)が来ないなって思ってるらしい。反抗期なんて来ない方が良いじゃない。佐々木君は格好良いし、妹さんが佐々木君の事を好きになるのは解(わか)る気がする。こんなお兄さんなら私も欲(ほ)しいかもしれない。渉(アイツ)は……ないわね。

◇

昼休み。最近では周囲の女の子達と一緒に食べるのが普通になって来た。渉(アイツ)から一方的に私の良さとやらを力説されながら食べるよりよっぽど良い。渉(アイツ)のせいで私は自分の写真映りが一番良い角度を知った。べ、別にありがたいとか思ってないわよ！

そうしてると話はまた私の妹――愛莉の話になった。見せて見せてと言われ、私も満更ではなかったから例のフォルダを開いてスマホを手渡(てわた)す。誇(ほこ)らしげに胸を張っていると、気が付けば周囲に大勢の人集(ひとだか)りが……え、ちょっと……多くない？　何でこんなに集まってるの？

順番待ちとも言える状態で私のスマホを手渡し合っている。あ、男の子はちょっとっ……！　変なところ触(さわ)ってないわよね！　愛莉のフォルダだけにしてよね！

可愛い可愛いって言ってくれる皆の様子をヒヤヒヤしながら見てると、白井さんがもう我慢(がまん)できないなんて言って私に詰(つ)め寄って来た。

「妹さん可愛くて良いなぁ……ねぇ夏川さん会いに行っちゃダメかな？」

「え、ええっ⁉　う、うちに……⁉」

驚いて思わず大きな声で訊き返してしまった。うちに友達を上げたのなんて圭や他のバレー部の子達くらいだ。最近話し始めたばかりの子達を家に上げるなんて考えもしなかった。

どうして良いかわからなくて目で圭を探す。あ、あれ……？　さっきまで居たところに圭が居な――居た。私のスマホを持ってどこに……え、渉……？

圭と渉は一言二言交わすと此方に近付いて来た。何だ何だと本気で不思議がっているのが解る。コイツのこんな普通の一面を見るのなんて初めてかもしれない。

「今ね今ね！　皆で近いうちに愛ちの家に行かないかって話をしてたの！」

「マジかよ俺レベル足りないんだけど」

「や、夏川さん家別にダンジョンじゃねぇから……」

そうよ、アンタうちの家を何だと思ってんのよ。あの冷静沈着な佐々木君がツッコんでるじゃない……やっぱりコイツ普通じゃないわね。

そう思いながら周りを見てると、ある事に気付いた。私の周りにみんなが居る、圭が居る……渉がいる。

「……ぁ……」

胸の奥がとても温かくなったのが分かった。私は今みんなに囲まれてるんだ。とても居心地が良い、毎日こんな生活が続くのかな……そうだと良いな、これが続くならこれからずっと楽しいんだろうな……。

そう思った私は、きっと気持ちが舞い上がっちゃったんだ。

「大人数で大丈夫なん？」

「ふ、ふんっ……！　アンタみたいなのは近付かせないんだから！　愛莉に悪影響を与えるわけにはいかないもの！」

いつも通り。そんなつもりで渉に話すと、周りのみんながまたかと言いたげに笑っていた。ちょ、ちょっとっ……そんな夫婦漫才みたいに見ないでよ！　そんなんじゃないんだから……！

渉も分かっているのか、そんなみんなの様子を見て小さく笑った。そうよ、こんなの私達にとっては挨拶みたいなもの――

「ハハッ、だよな」

「え……」

……え？

驚いて渉を見る。何で……？　どうしてそんなさも当たり前のように私の言葉を受け入れられるの……？　今まではそうじゃなかったじゃない。

そう思ったのも束の間、渉は笑ったまま自然に背中を向けて自分の席に戻って行った。

待って。

思わず手を伸ばしかけた自分が居た。立ち上がった私にちょうど渡していたスマホが返って来る。圭とバレー部仲間の河井さんが『大丈夫！　男子が変なとこ触ってないのは見てたから！』ってみんなの様子を見てくれていた。画面に映る愛莉の画像を見てハッと我に返った。

呆然としていると、気が付けば次の授業が始まっていた。

◇

授業中、メッセージアプリで新しいグループが作られてることに気付く。私も招待されていた。

【C組最強女子】

さ、最強……？　普通にこのクラスのグループって事で良いのかしら？　女子って名前

付いてるから女の子限定グループなのねきっと。でも確かもうそんなグループ無かったっけ？　えっと……あれ？

バスケ部の村田さんやテニス部の古賀さんの名前が無い……よく見たら運動部系の女子が居ない？　や、でも圭は居るし……どういうメンバー構成なんだろ……。

【下品な子は加えていません】

えっと……クラス委員長の飯星さん。結構シビアな考え方ね……。確かに此処に居ない子は普段からその……あまり女の子らしからぬ言葉を大声で話してたりする。確かに不愉快には思うけど……まぁ、委員長の飯星さんがそう言うなら別に良いのかもしれない。

授業中にも関わらずどんどんメッセージが流れて行く。ずっとスマホの振動が続くものだから慌てて設定を切った。先に言ってよみんな……先生にバレるじゃない。

【えっと……大丈夫かな夏川さん？】

大丈夫——え？　何が？

顔を上げれば何人もの子がこっちを見ていた。慌ててグループメッセージに目を落とすと、話は白井さんを含めた何人かの女の子が愛莉に会いに行きたいとの事だった。ああ……さっきの話の続きだったのね。

放課後は部活がある子も居る。うちに来れる子は白井さんを含めた時間が空いている子だけになるとの事。えっと……あ、明日はバレー部休みなの？　圭は来れるのね。全員で四人かしら……うん、そのくらいならたぶん愛莉も怖がらないと思う。

【ええ、大丈夫よ】

【退部して来るから私も行っちゃダメ……？】

えっ、た、退部？　こんな事のために？　そんなに愛莉に会いたいの？

【落ち着け舞ち】

【……うん】

茶道部の斎藤さん……何で涙を呑むように引き下がったのかしら。実際に顔を上げて彼女の方を見るととても潤んだ目でこっちを見ていた。圭が宥めていなかったらどうなっていたんだろう。綺麗な涙……和風美人ね。

【えっと……ごめんなさい。佐々木君も行きたいって。明日サッカー部休みらしいから……】

えっ。

さ、佐々木君……？　佐々木君ね……まぁ私から見てもちゃんとした感じの男の子だし、別に良いんじゃないかしら。それに他に四人も女の子が居るわけだし、何も危険な事は無いでしょう。爽やか系だし、愛莉からしても優しいお兄さんに見えると思う。

そう、優しいお兄さん、に……。

「……」

視界の端、廊下側一番前の席。風景の一部と化すくらい大人しくしてる男の子が目に映る。

……渉は、来ないのかな。

あんなに私に纏わり付いてたんだ……もしかしたら本当は付いて行きたいとか、思ってたり、するのかな……。

前は真横に座ってたからよく見たことなんて無かった。そうじゃなくても、勢い良く迫って来るアイツを凝視なんてしたらとんでもない事になる気がして目を逸らす事しか出来なかった。

……なに俯いて難しい顔してんのよ。いったい何を考えているの？　そんな柄じゃないじゃない。もしかして私がさっきアンタみたいなとか言ったから……？　最近話しかけて来なくなったのは、そんな私に見切りを付けたから……？

……何よ。勝手に纏わり付いて、勝手に離れて行って。いくら何でも勝手過ぎるわよ。あの男は私に迷惑しかかけない。人の心を弄ぶような真似をして、絶対にろくな目に遭わないと思うわ。

◇

憤懣とした気持ちは放課後まで続いた。今なら物怖じせず何でも言える気がした。
終礼が終わると、私は早々に帰ろうとする渉の元に行って引き止めた。

「ね、ねぇ……」

「っとと……何だ？」

振り返る渉。私の顔を見ると、先程の気難しい顔を一変させ、どこかホッとしたような柔らかい目と明るい声で——ちょっ、な、なによソレ、何でそんな顔っ……今までそんな顔した事無かったじゃない！

「えと、夏川？　どうしたんだそんな慌てて」

「べ、別に慌ててなんかないわよ！」

「おぉ……」

熱が冷めるような反応をされて怯みかけた。さっきまでの何でも言えそうな感じも突然磁力を失った磁石のように転げ落ちてしまった。き、気を取り直しなさい！　この私の妹に会いたいのならはっきり言えって言うのよ……！

「ア、アンタさ……本当に来ないの？」

う……全然言えてないじゃない！　これじゃまるで渉に来て欲しいみたいな言い方になってる！　コイツが調子に乗ったりしたらどうすんのよ！

「んん……？　何のこと――」

「なんだ、こっちの終礼も終わっていたのか」

「は……？」

言い直そうとしたのも束の間、教室の扉がガラッと開いて、そこから四ノ宮先輩が顔を出した。突然の大物の来訪に驚いてると、近くに居た圭が色めき立った。だけど渉は現れた四ノ宮先輩を平然とした顔で見ていた。

「やぁ諸君。やっと長い一日が終わったところだと思うが、少し佐城を借りても良いかな？」

「どどどうぞどうぞ!!　煮るなり焼くなりSNSに晒すなり！」

「おい芦田ゴルァ」

四ノ宮先輩が渉に用があるって――え？　放課後にわざわざ？　様子を見るに先輩は風紀委員として説教をするために来たようには思えない。も、もしかして特別な関係……？

渉が、あの四ノ宮先輩と……？

「あ、悪い夏川。何だっけ？」

「な、何でも無いわよ！　良いから行け！」

「ハッ、承知いたしました！」

軍官か！

何よその返事！　見なさいよ、四ノ宮先輩が変な目で私達を見てるじゃない！　勘違いされたらどうすんのよ！　ちょっと、何でそんな喜んでるの⁉

渉はまるで私がお尻を蹴り付けたかのように駆け出して行き、四ノ宮先輩の側に落ち着いた。先輩の場所を変えようと言う言葉を皮切りに、渉達は何処かへ行ってしまった。

◇

うちにクラスメートが居る。急に賑やかになった事で愛莉も喜び、一人一人に抱き着いてはパァっと顔を綻ばせていた。そんな妹の姿を見て私も微笑ましい気持ちになった。やっぱり連れて来て良かった。

「愛莉ちゃん、貴明です。た・か・あ・き」

「たかきー！」

「アハハッ！　たかきだって！　たかき君だよ〜！」

「た、貴明だって！」

みんなは愛莉を抱き上げては自分の名前を憶えさせようとしている。滅多に会わないもんね……外で偶然会ったりして、名前を憶えられていたらかなり嬉しいと思う。

「可愛いな〜、持ち帰っちゃう！」

「え、だ、駄目よ！」

「じゃあ愛ちを！」

「何言ってんのよ……」

体をくねくねさせながら迫ってくる圭を両手で止める。めげずに迫ろうとするので頬を押さえつけた。健康肌な可愛い顔が口を突き出してタコのような顔になってて思わず少し吹き出してしまった。

「た・か・あ・き！」

「た、た、たかあき！」

「そう！　たかあき！」

「たかぁき！」

「おお！　これでやっと全員憶えたね！」

「すごいすごい！」

佐々木君を最後に、愛莉は全員の名前を憶えた。皆に褒められて揉みくちゃになってる。キャッキャと喜んでるところを眺めていたら、愛莉は白井さんと仲の良い岡本さんの顔を見て笑顔を引っ込めた。ああ、あれは……名前忘れちゃったのね。

「……ふぇ」

「愛莉、おいで」

「うん……」

名前を呼ぶと愛莉はトテテと駆け寄って来た。抱っこして頭を撫でると気持ち良さそうに目を細めてくれる。うん、可愛い。何があってもこの子は守る。

「ほらぁ、みんなで一気に名前言うから愛莉ちゃん混乱しちゃったじゃん！」

「もうやめとこっかー」

「不安がる顔も可愛い……」

「コラ」

もう憶えられないか……圭を除いても四人も居るもんね。いきなりそんな数の人に名前を言われても私だって憶えられないわ。圭と私が出会った時はバレー部の団体で話し掛けられたけど、一番最初に名乗ってくれたから直ぐに憶えることが出来た。初めてうちに来た時もそうだったし……圭はそういうところが上手なのかもしれないわね。

「たくさん憶えたね、愛莉」

「うん……！」

「ぐは……」

ニパッと笑う愛莉を見て岡本さんが崩れた。尊い尊いと言いながら泣くそぶりをして、白井さんが何やってんのって苦笑いしていた。私も前に愛莉の天使の笑顔にやられて似たような目に遭ったなぁ……。

「……あ……」

腕にかかる重みが増す。圭が愛莉を見て小さく声をこぼした。眠くなっちゃったのね。今日はたくさん遊んだからいつもより早く疲れちゃうのも納得できるわ。

愛莉を安全な場所に寝かせると、今日はこれでお開きになった。玄関先まで行ってみんなを見送る。

「今日はありがとな、夏川」

「愛莉ちゃん、写真より可愛かったよ！」

「ふふ、そうでしょ？」

「愛ちも可愛いよ！」

「聞き飽きたわね」

みんなが揃って感想を言って来る。当たり前だ、愛莉を見て抑えきれる愛しさなんてない。それを我慢するなんて愚の骨頂……私はこの後も愛莉の寝顔を眺めるのよ……！

「あー、でも、別の子たち連れて来るのはしばらく厳しいかもねー」

「……え？」

「私たち憶えるのでいっぱいいっぱいにさせちゃったからね」

「先着四名だったねー。夏川さんが良いって言っても愛莉ちゃんが無理しちゃうかも」

確かに……白井さんが最初に自己紹介をしてから一生懸命憶えようとしてたから。この流れで他の子をうちに連れて来たら愛莉の頭がパンクしちゃうかもしれないわね。みんな、ちゃんと愛莉のこと考えてくれてるんだ……。

「……あ、」

「ん……？」

「……あ、ありがとう………」

「っ〜〜！　愛ち〜！」

「きゃっ……ちょ、ちょっと！」

家族でもない人に感謝の気持ちを伝えるのなんていつ振りだろう……照れ臭さを感じな

ながらもどうにか感謝を言葉にすると、満面の笑みを浮かべた圭が正面から抱き着いて来た。

「かわいいッ……！　可愛いよ愛ちッ……！」

「け、けい……⁉」

「……うわぁ……」

「ちょ、ダメ！　佐々木君見ちゃダメ！　なんか見ちゃダメ！」

「な、何かって何だよ⁉」

圭を離そうとしていると岡本さん達が佐々木君の目を隠そうとしていた。どうやら今の私達は側から見てちょっと変なふうに映っているらしい。それを知って私はなおさら圭を無理やり剥がした。

「も、もうっ……！　突然何なのよ！」

「ご、ごめん……もう抑えきれなくて……」

「何がよ！」

「り、りびどー」

「何よそれ……」

感謝の気持ちはあるけどだからって何でもして良いわけじゃない。もうっ……ど、どこに顔を埋めてんのよっ。

　玄関先で話し込んでいると空が赤く染まって来た。季節は夏の始まり。それでこの日の低さということは……もう結構な時間みたいね。

「愛莉は賑やかなのが好きよ。たぶん愛莉の方からみんなに会いたいって言い出すと思うから、またその時にね」

「やった……！　また会えるんだね！」

「や、次は栞たちでしょ？」

「えー？」

　愛莉をめぐって言い合うみんな。でもそれは決して悪いものじゃなくて……気が立ちやすい私でも優しい気持ちで眺めていられたと思う。

　でも、私のそんな気持ちは起き上がって来た愛莉によって一瞬で吹き飛んだ。

「――――む～……たかぁき…………」

「！」

「え……？　愛莉ちゃん？」

　開けっ放しの玄関から出て来た愛莉が、今まさに帰ろうとしている佐々木君の脚にしがみついた。まるで、それこそお兄ちゃんに甘える妹のように……。

「あはは……そういえば佐々木君、本物のお兄ちゃんだもんね」

「妹ちゃんが嫉妬するんじゃない？」

「有希もこんな可愛い時代があったなぁ……」

「あ！　サイテー！　〝今も可愛い〟でしょ！　妹さんかわいそう！」

すっかり兄としての顔で愛莉の頭を優しく撫でる佐々木君。愛莉は気持ち良さそうな顔でそれを受け入れ、そのまま寝そうになっている。

「…………ほーら、愛莉」

「んー……？　おねぇちゃん……？」

私が呼ぶと、愛莉は眠たそうにしながらも私の元にトコトコと歩いて来た。そのまま抱き上げると、今度こそ愛莉はまた私に体を預けた。子供は眠るのが早い。私が愛莉にとって絶対的に安心できる存在なんだと思うと、この変な気持ちも少し和らいだ。

「……愛ち？」

「……寝たわね。愛莉がごめんなさい、佐々木君」

「いや大丈夫だよ。久々に妹の小さい頃を思い出して懐かしくなったよ」

「そう……」

そうやってこの場は本当にお開きとなった。みんなが笑顔で手を振って帰って行く。何度か手を小さく振り返すと、私は白い目を横に向けた。

「……帰らないの？」

「えへへ……愛ちぃ、今日泊めてくれたり──」

「帰りなさい」

「ちぇー」

相変わらずちゃっかりしてる。

制服のままだし着替えも無い。貸す事も出来なくはないけどサイズ……ぶかぶかとか言われたら嫌だから駄目。身長高めの運動部の女の子にそんな事言われたら絶食も辞さないわ。そもそも最初から泊まるつもりなんてないでしょう。

圭も見送ってから家の中に戻る。まだ晩ご飯の前だからこのまま愛莉を寝かし続ける訳には行かない。優しくリビングのソファーにもたれかかるように座らせると、愛莉が薄っすらと目を開けた。

「むー……？」

「ほら、愛莉」

「あら、お友達帰ったの？」

「うん」

キッチンで料理をしていたお母さんが微笑ましそうに見てきた。あまり私が友達を連れて来たりしないからか、とても嬉しそうだ。あの生温かい目はどちらかと言えば愛莉よりも私に向いている。う、て、照れくさいわね……。

妙な居心地の悪さを感じていると、愛莉が不思議そうに私に訊いてきた。

「……たかぁきは………」

「愛莉」

「ふぇっ」

何故か酷く色の無い声が出た。自分でもそれが何故かはわからない。愛莉にとっては何か怒られたかのように聴こえたと思う、急に不安そうな表情になって私を見た。慌てて今のを無かった事にするように隣に座って愛莉を抱き上げる。膝に乗せて軽く抱きしめた。

それで私が怒ってないと思い直したんだろう、愛莉はキョトンとした顔で私を見上げ、体を預けて来た。

「愛莉、楽しかった？」

「うんっ、たのしかった……！」

「そう、良かったわね」

膝に乗せたり降ろしたりする事ですっかり目が覚めてしまったんだろう、愛莉の声に元気が戻っている。さすが、子供は疲れるのも早ければ回復も早い。今日の夜ちゃんと寝れるか心配だ。

「愛莉。みんな、憶えた？」

「うん！　おぼえた！」

「そう……誰を一番憶えてる？」

「たかぁき！」

「うん、あのね……？」

あのね……？　私は、私は今何を言おうとしたの？

別に良いじゃない、佐々木君は本当に妹が居るお兄さんよ。愛莉に対してもとても優しくしてくれた。だからこそさっきみたいに脚に抱き着くほど懐いた。何も変な事なんて無いじゃない。

『たくさん憶えたね』

『先着四名だったねー』

『私たちを憶えるのでいっぱいいっぱいに――――』

「…………」

愛莉は愛莉なりに楽しんで、頑張ってみんなを憶えた。新鮮な体験で、何年先までも残る大切な思い出になったと思う。優しいお姉さんとお兄さんに構われて……それはとても幸せなことで、愛莉にとって良い影響しかなかった時間だったと思う。

それなのに……それなのに、何でなのよ。

どうして私は、こんなに胸の奥がモヤモヤとしてるの？

「愛莉」

「なぁに？」

「あんまりね……他の人に抱き着いちゃダメだよ」

「はーい」

優しい笑顔で、優しい声で言えたと思う。でも、別に言う必要も無かったとも思う。だけど、言わないと何だか私の気が済まなかった。

「愛莉、あのね？」

「んー？」

何を考えてるんだろう、こんなのおかしい、私じゃない。だって私は、いつだって嫌っていたはず。絶対に愛莉に悪影響しか与えない。だから、絶対に会わせないようにしようって、そう決めてた。だから、この先もそのつもりでいたはずなのに――

「――もうひとり……もう一人、憶えられるかな？」

「えー？」

12章　夢見る男子は目を背ける

学校の制服も夏物に切り替わり、その分外の照り付ける日差しも増したように思える。夏川にペースを合わせなくなったから基本的にはのんびりした時間に家を出るようになったものの、こんだけ日が昇ってしまうともう暑い。かと言って早起きするのもツラいというもの。やっぱり夏なんて無くて良いわ。

「……Shit」

遅めの時間帯だと校門周辺は生徒で賑わう。だけど暑さからかやっぱりその面々はうへぇとした顔でゾンビウォークになっている。きっと俺もあんな顔になってるんだろう、世界が世界なら勘違いされてヘッドショットされてもおかしくない。

「Oh……Ah～ha」

昇降口を潜ると校舎内の空調から降りて来た冷気を感じられた。何この爽快感、思わず下駄箱で深呼吸しちゃったんだけど。周囲を見るとリボーンしたヒューマンで溢れていた。そこ、涼しくなった瞬間イチャイチャするんじゃない。

教室の手前まで来るともう夏なんか忘れてしまうレベルだった。空調の波動を感じる、今日ほど月曜日を喜んだ事は無い。学校で快適な夏を過ごせるなんて人生で初めてだ。進学校なんて関係ない学力ピンキリな生徒が集まる何の期待もされてないオンボロ中学校にそんな設備は無かったかんな。

教室に入ると爽快感が包み込んだ。涼しい……なんて快適な空間なんだ、今ならめっちゃ勉強が捗る気がする。一限って何だったっけ？　現代文？　よし寝よっ。拭ってしまえばもう現れない。ゆっくりお眠りなさい、我が汗腺達よ。浮き出た汗はまるで一足早く冬眠から目覚めてしまったリスのよう。

教室にエアコンがあるという感動に打ち震えていると、朝礼前の予鈴が鳴り響いた。俺

そんなギリギリだったたんだ……。

「あ！　おはようさじょっち！」

「………oh………」

「は？」

やって来た芦田に呼びかけられて感嘆。女子の夏服。重々しい色合いの分厚い装甲が取っ払われ、男子生徒と同等の真っ白な装備に替わっている。天国かよ……芦田でさえ超眩しく見えるんだけど。おかしいな……姉貴にはそんな事感じないのに。

「おはようさん。心臓に悪いから突然薄着で目の前に現れるのやめてくんない？」

「女子の制服を薄着って言うのやめてくんない？　この変態」

だってお前……防御力95くらいあったのが突然20だぞ。それに対して男子に対する攻撃力が十七倍くらい跳ね上がってんだけど。見ろよ、男子諸君が窓の外以外に視線の逃げ場無くしてるじゃねぇか。

「で、でも……似合ってるってのはこれ以上無いくらい伝わったよ？」

「ハッ⁉　夏川は⁉　夏川の夏服姿！」

「ははっ、コノヤロー」

おい脛はやめろ俺が悪かったから、痛い痛いしょうがないじゃんだって夏川だよ？

芦田の奥に見える夏川は席に着いたまま何人かの女子と仲良さげに話している。何あれ妖精の戯れ？　衣替えの初日ってこんなに刺激強いの？　毎年楽しみにしちゃうんだけど。

先週に引き続き夏川の人を寄せ付ける力が存分に発揮されてるみたいだ。おのれ奴ら、俺の角度からちょうど夏川が隠れる位置に立っておられる。良いぞそのままもっとイチャつけ。

「そんな必死になんなくても後で会いに行きゃいーじゃん？」

「変に気を遣われてお嬢さん方が離れたら夏川様に申し訳ないだろ芦田」

「とりあえず他二人との扱いの違いについて説明してもらおうか」

「あと近付くと全体像が見えん」

「聴けよ。全体像って」

玄人にもなると実際に接するより目で愛でるのが吉。決して夏川が『それ以上近付いたらイテこますぞコラ』という視線を送って来るのが怖いからじゃない。嘘じゃないよ、俺はどっちも行けるから（小声）。

そうだ。会いに行くと言えば。

「そういや芦田。この前は夏川ん家行ったん？」

「あ。ふっふーん……！」

「はぁん？」

この前のあれからについて訊くと芦田のしたり顔がウザいことウザいこと。顔中から『聞きたい？　聞きたい？』という煽りが伝わって来る。あ、スマホ弄ってコラ……え、写真撮った？　ちょっと待ちなさいアンタ。愛莉ちゃんだっけ？　見せなさい、良い子だからほら。

「見ぃたぁいぃ？」

「ッぜぇコイツ……！」

良いもん！　リビングで隠し撮りした姉貴の寝顔で我慢するから……何で撮ったんだろうな。軽く自殺行為だわ、バレたら死ぬんじゃね俺。あと4K……あれ、こんな画質良さそうな――K4か。あの人たちに売りつけたら高値で取引できそうだ。クール系の結城先輩とか無言でゲンコツぶつけて奪い取って来そう。

「姉貴……すまん」

「よくわかんないけど今見てるそれ消した方が良いんじゃない？」

「彼女いるって嘘つく時に使うからヤダ」

「何なのこの男……」

　俺の厳重な五重ロックは破られん。え？　姉貴の写真のためにそこまでするかって？

バーローそれだけじゃねぇよゲヘヘ。

「おはよう、あら涼しいわね」

「おはようございまーす」

　結局夏川の話は聞けないまま朝礼が始まった。よく分からんけど不満そうな芦田が俺の座っている椅子の裏をゲシゲシ蹴ってくる。無視だ無視、だって俺真面目な生徒だし？

センセー、この学校にはイジメがありまーす。

◆

あれ？　夏快適じゃね？

三限目辺りで気付く。決して数Aが捗ってるわけじゃないけど、いかんせん真夏を感じさせないほど涼しい。やっぱ進学校は違うわ、生徒に対する投資が凄い。夏最高、ありがとう夏川。夏川に乾杯……あれ？　何について考えてたんだっけ？

「あい、今日はここまでな～」

関西から赴任して来た先生の気の抜けるような声が授業を締めくくった。良いぞ、授業はさっぱりわからんけど何か良い。少しでも退屈に感じなくなれば時間は早く過ぎるもんなのだよ。だから数Aは好きです。※苦手
「ちょ、ちょっとちょっとさじょっち……！」

「え、なに」

授業が終わってすぐ、普通に次の準備をしてると芦田が慌てたように俺の肩を叩いて来た。何でそんな焦ってんの？

「ちょっとどうしたの⁉　今日まだ愛ちと一言も話してなくない⁉」

「え、うん……この距離感だしな……」

片や教室の隅、片や二列隣の教室の後ろ側。わざわざ出向かない限りは一言も会話せずに一日が終わるなんて普通な気がする。でもそんな気がしないよ？　俺の目がもう六十七回は夏川の夏服姿を焼き付けに行ってるから。

加えて俺の読みは的中して夏川は周りによく話しかけられるようになった。現に今も佐々木と何か——おい佐々木ィ、夏川に指一本触れてみろゴルァ、サッカー部のボール全部に穴開けてやらぁ。

夏川は話しかけられて普通に笑ってる。可愛い。俺には絶対に向けることの無い自然な笑顔。もはや俺は悪い意味で特別だからな、あんな風に話そうとしてももう難しいかもしれない。

「……うん、普通だろ」

このまま夏川を取り囲む環境が大きくなったらいつかは俺に対する煩わしさも消えて、白井さんや山崎を筆頭とした取り巻きの端っこの位置をゲットするくらいはできんだろ。ただ、今はまだその時じゃないんだ。

「邪魔すると悪いし、別に良いわ」

「邪魔……邪魔って」

芦田が目を白黒させて俺を見た。何だかちょっと不穏な空気を感じる。

でも俺が遠慮無く夏川夏川夏川（狂）って近付いたらせっかく築いたあの環境を壊しちゃうかもしれない。少なくともこの学年に薄っすら広がってる『佐城……？　あぁ夏川さんのコレね（小指）』が消えない限りは過度に接するのは悪手だと思うわけよ。

「そんな事は……ないと思う」

ポツリと言って芦田は夏川の下に飛び込んで行った。

……そんな事はあるんだよ、芦田。ちゃんと周りを見てみろ。俺や夏川だけの話じゃない、周囲がどう思うかも考えたらわかんだろ。少なくとも今、俺は夏川のあの環境を邪魔しない方が良いんだよ。その方が夏川の為になんだろ？

◆

「ハーゲン食べたい……」

「略すとカッコいいなそれ……」

辛い時ってチープなもんでも十分幸せだろ？　何でわざわざ普通より二ランクくらい上のものを言っちゃうの……安いアイスじゃダメだった？　んでもって何でうちの台所のゴミ箱には周期的なスパンでハーゲンの容器が捨ててあんの？　俺食ってないんだけど。

ハーゲンの業は深い。そしてスイカバーは幼き日の思い出と懐かしい味を詰め込んだ温かいアイスなのである。アイスのくせにな。もう何年も食ってねぇや。

机で項垂れてるのは芦田。授業中なのに俺の椅子の裏、ひいては俺のケツを間接的にバスバス蹴って暑い暑いと言ってくる。尻が熱くなってきたんだけど。てか足じゃなくてもっと手を使って構って欲しい感じにリア充アピールをですね……先生、この学校にはイジメがあります。ぐすん。

その後、自分で買ったカップアイスに付いて来たちっこい氷嚢を芦田の背中に放り込んだら強烈なスパイクを頭に食らった。さすがバレー部、床に沈んだよ。

次の授業が始まるまでの合間、一人スマホを弄ってると視界の端に影が差し込んだ。意識だけ視界の端に向けると、それが誰だか直ぐに気付いた。

「――――ねぇ」

ほう、女神。降臨なされたか。制服が夏物になってからこの距離まで近付いたのは初めてだ。くそっ、今すぐ振り向いてガン見したい。でも直視できないっ、目が潰れちゃうから！　※潰れない
「ねぇちょっと！」

「潰れ――――え、俺？」

「……ア、アンタよ」

机に手を置かれて気付く。夏川の事だから俺じゃなくて後ろの芦田に用が有るものかと思った。頭ん中で膨らんでた冗談は置いといて夏川の方に体を向ける。くっ、それでも中々の刺激っ……！

「う、うむ……何だ」

「さじょっち、挙動不審だから」

「夏川、用件を言ってくれ。俺の体が持たない」

「私は殺虫剤じゃないわ」

「俺は虫じゃねぇよ……」

常識的なツッコミかと思ったら中々の鋭さを持っていた。キレッキレで草。どうやったらそんな冷静に人を虫扱いできるん？　装うにしてももうちょっとわざとらしさを出してこれは冗談なんだと……え、装ってない？　もういい、ガン見する。

「……五百六十点だな」

「じゃあアンタは四十九点ね」

「あの……あと一点くらい……」

ギリギリ殺しにかかってるんだよなぁ……普通ギリギリ生かす方にしない？　急ブレー

キかけたら崖ギリギリで止まりそうだったけどやっぱり落ちちゃったパターン。おいちょっと何クスリと笑ってんだよチクショウ可愛いな……六百点。

「まあ良いや。それで？　どした夏川」

「へっ……⁉」

「……？」

　女神の笑顔が一変。ハッとした顔になって何やらあたふたし始めた。えーっと……？　何かタイミングミスったかな……俺が黙ってりゃずっと夏川クスクス笑ってただけだもんな。泳がせてたらずっと見れた……くそぅ。

「えっと、夏川……？」

「えと、あの……ア、アンタさ、その……」

「うん」

　どうも落ち着かない様子の夏川。そんな夏川を邪な心で見ちゃう俺より挙動不審になってる。いったいなに——んんッ⁉　何か夏川の顔赤くなってきてない⁉　どういう事⁉　どういう事なのコレ⁉

「このあと——その……うち、が、えっと……」

「……」

「う、う……」

「……？？？」

いよいよ訳が分からなくなってきた。気が付けば首を傾げて察しようとする自分が居た。いや待て、もっと考えるんだ俺。夏川が俺に伝えようとしてる事。俺ならできるっ、夏川歴何年だと思ってるんだよ……！　わからない事なんて何もねぇ！　この真実……解き明かしてみせる！

「――き、きもい」

「カハッ……」

「愛ち⁉」

「あ、ちがっ――」

「さじょっちィ⁉　息してる⁉　死んでないよね⁉」

意識が遠のいて行くのが分かる。短い人生だったな……心残りがあるとすりゃ俺の部屋のパソコンだ。俺の身と連動して爆発でもしてくんねぇかな。それなら心置きなく地獄でも何でも旅行しに行けるぜ。え、天国？　俺が行っちゃっても良いんですか神様⁉

「ちょ、ちょっと愛ち……！　さじょっちだって一応ヒトなんだよ⁉」

「いや歴としたヒトだから。一応って何だよ」

聞き捨てならない言葉が聞こえて思わず息を吹き返した。こいつ何なの？　人を真顔にさせる天才かよ。何でそんなに『フォローしてやったぜ！』って顔できんの。ふふんじゃねぇ、おいドヤ顔やめろ。

「夏川、もうゆるして……迷惑かけないから」

「だ、誰も迷惑なんて言ってないじゃない……」

え、違うの？　てっきり今までの報復をしにわざわざ俺の前まで来たのかと……え？　もしかしてさっきの〝キモい〟ってご褒美のつもりだったとか？　だとしたら俺もう生きていける気がしないんだけど。耐えられないよ……。

「そ、その……」

「……」

じゃあ何なのと言いたい気持ちをグッと抑え、ここはジッと何も言わずに夏川の言葉を待ってみる。冗談抜きに耳を傾けてればいつか聴く事ができんだろ。鼻の下が伸びそうになるのを我慢してると、夏川が俺を見てウッ、とした顔で一、二歩後ずさった。

「……これは死ねばいいのか？」

「小声で何呟いてんの！　ちょっと愛ちー!?」

「わっ、わっ!?　ちょっと圭……！」

勢い良く立ち上がった芦田。夏川の両肩を前から掴むと、そのまま押し込んで廊下へとドロップアウトしてった。何やら芦田が大きめの声で何かを言い、夏川が慌ててる声が聴こえる。いったい何が起こってんのかね。

「いったい何が起こってんだ？」

「……え、佐々木……？　佐々木じゃねぇか！」

「何だよその超久しぶりに会った昔の同級生みたいなノリは……」

佐々木に限らず、最近は目立たないように徹してたから男同士で馬鹿やる事も少なくなったな。特に山崎、しばらく話してないだけで自分があの頃より賢くなってるような気がする。アイツの影響どんだけ絶大なの……。

「夏になって最近はサッカー部大変そうだよな。山崎とは馬鹿やってんの？」

「俺をアイツと一括りにすんなよな。不本意だ」

「山崎きゅん……」

可哀想な山崎。仲の良い佐々木にまでこんなことを言われる始末。本当に哀れ……なんて思ったけど、姉貴に夏川に芦田に、最近の色々を考えたら俺の方が圧倒的に可哀想だな。謙虚に普通を自負してんのに何でヒト以下に扱われんだろ……。アイアム霊長類。俺はゴリラと同じ。

「佐城」

「ん……？」

「愛莉ちゃん、可愛かったぞ」

「なん、だと……？」

……あ、夏川の妹か。一瞬誰かと思った。佐々木がカッコつけて言うから付き合った彼女を別の意味で可愛がったのかと思っちまったよ。てかコイツ彼女居ないの？　普通にスポーツ系イケメンなんだけど。俺がコイツの顔だったらもう、それはもう自重しないんだけど⁉

オーバーリアクションをとってると俺のスマホに何やらメッセージが届いた。んだよいったいって……佐々木？

佐々木が夏川の妹とのツーショット写真を送って来た。おー、よく懐いてんじゃん、さすが実のお兄ちゃんやってるだけあるじゃんか。しかも愛莉ちゃんは可愛いと来た。夏川に負けず劣らずの美人になるに違いない。

成る程ね、そう来る……。

「有希ちゃんにチクってやる」

「あっ！　馬鹿おま、それだけはやめろ！　おい保存するんじゃない！」

「自分の妹のブラコンぶりを見誤ったな佐々木ィ！　有希ちゃんはお前のためなら俺や山崎ともメッセージ交換する生粋のアレだぞ！」

「あ……あぁあ……！」

や、ふざけたの俺からだけどそんなに？　そんな虐めるために告げ口したわけじゃないんだけど。だって可愛いじゃんブラコン。俺も有希ちゃんみたいな可愛い妹が欲しかったよ、夜とかベッドに潜り込まれたい。あ、返信来た。

【お写真ありがとうございます。私も幼女になります】

ほーん、あ、そう。幼女にな――んんん？

どういうことかな？　アポトキシン何とかでも呑むの？　確か中学生とか言ってなかったっけ？　呑んだら幼女どころか赤ん坊にまで戻りそうだな……そんな体でハキハキ喋られたら親も裸足で逃げ出しそう。

よく分からんけど佐々木には家族会議が開かれるレベルの何かが起こりそうだ。割と洒落にならないやつ。お気付きですか？　彼の妹はそういう子です。

◆

佐々木が社会的に死ぬフラグが立ち、昼休みになると俺は姉貴に屠られるフラグ（※無条件）が立つ。夏川と芦田もどっか行ったし、今日も仕事だよっこらせっと起き上がると、ちょうど俺のスマホにメッセージが届いた。

【今日はいい】

え、良いの？　それは生徒会室に行かなくて良いと言ってんのか、今日というこの日を喜んでるのかどっちなんだろう……絶対に前者ですね、はい。

そういや週末から今日にかけてあんまり姉貴と話してないな。正直お互いに私生活には干渉しないからな……塾に行ってたっぽい空気はあったけど。家にあんまり居なかったのは確かだ。こんなに話さないのも珍しい……。

「よう佐城！　席替えしてからあんま喋んなくなったじゃねぇか！」

「山崎」

やせいのヤマザキがとびだしてきた！　相変わらずテンションの高い奴だ。前はちょっと俺とキャラが被ってて謎の対抗心を燃やしたもんだ。一番解んないのがコイツも何故か対抗心を燃やして来た事。たぶん負けず嫌いってだけの理由なんだなって、何となく前から気付いてた。

佐々木はイケメン、そして実は顔だけなら山崎も中々のイケメンっていう。でもモテるかどうかは普段からの態度も大きく関わって来るっつーのを山崎が証明してくれた。不思議かな、今こうして話しているだけで少しずつＩＱが削られて行ってる気がする。

「端っこだもんなお前ー。やっぱ仲良いヤツが近くに居ないと黙るしかないよなー」

「お前と仲良い奴って誰だよ？」

「バッカお前舐めんなよ？　俺ぐらいになると周りの女子が寄って来んだよ。最近じゃ古賀とあんな話やこんな話をだな……」

「は？　お前、古賀は……」

古賀。このクラスの中でもあんまり逆らえない系の女子だ。女子の中じゃ小柄な方だけどテニス部でこんがり焼けた肌と傍若無人とも言える空気の読めなさを武器にして周囲を威圧するタイプの奴。たぶん山崎は女子バスケの村田繋がりで話すようになったんだろうな。

このクラスに限った話じゃないけど、どんな進学校でも男に限らずヤンチャ系の層は必ず居るもんなんだよな。『今度〇〇校の彼とヤるんだー』って大声で喋っちゃう女子。近っぱの席でその彼とやらと致してる最中の話を大声で喋んのはマジでやめてくんないもんかね。

いっつも脳内ピンク色の男子高校生でさえあの層は敬遠しがちだ。ああいうのに近付くには同じくヤンチャ系だったりスポーツ得意系じゃないといけない。山崎はその世界をハイテンションで渡ってる感じだな。ってかよく考えたらアイツ見た目と運動神経のスペックが俺より遥かに高いんだけどどーゆーこと？

「――うん？　村田も居るぜ？　何なら佐城も一緒に飯食うか？」

「は？」

　朝に買った菓子パン入りのビニール袋を提げてる俺の肩に腕を回して、山崎はここと真反対の窓際でギャハハと猥談を繰り広げてる古賀達の方に俺を引っ張って行く。うっわ、胡座かいたり大股広げて座ってっからもう見えちゃってんだよなぁ……ああいうのって何でかあんまりエロさを感じないんだよ。

「よー、コイツも入るぜ」

「あっれー!?　佐城のお出ましじゃん！　なぁに？　アンタも交ざりたいの？」

「最近大人しいよねー、なに陰キャラ？」

　初っ端から飛ばしまくりじゃねぇか！　こういう奴らを見てるだけで女子に対する理想が根こそぎ吹っ飛ばされてくんだけど。夏川とか芦田にもこういう部分あるんだなって思うと心の底から何かが冷めてく自分が居る。ま、現実なんてそんなもんだろ。大和撫子？何それ食えんの？

「陰キャラだよ陰キャラ、俺の席見てみろ」

「キャハハッ！　一番前！　端っこ！　ウケる！」

そしてそんなヤンチャ系の煽りを返しちゃう俺って何なの。不思議な事に、クラスじゃある程度の発言権を得るとそれだけで向こうもノッてくれるんだ。マジ訳わからんウケる。

つまり山崎には山崎の、俺には俺のやり方があるって事だ。

「ってか最近ヤバくない？　夏川ちゃんとどうなの？」

「最近見ないよねー、夫婦喧嘩」

「山崎、よくも奪ってくれたな」

「奪ってねぇよ⁉」

程よくボケて会話の内容をセーフラインに軌道修正。一言で空気を変えられるとちょっと自分が話の上手い奴って思っちゃうな。でも単純に笑いの沸点が低いだけかも、コイツらって何にでもウケちゃうから。

「てかどこまで行ったん？」

「そうそ、中学からあんな関係だったんっしょ？　もうヤッた？　ヤッた？」

一分も持たなかったよ。何だよコイツら下ネタ大好き過ぎんだろ。男だってそんなスパン短く考え続けねぇぞ。もう女子としてすら見れないんだけど。

「アホか、家すら知らねぇわ」

「え、うっそ夏川さん家知らないの⁉　旦那失格じゃない⁉」

「何だよ全然進んでねぇじゃん魅力無いんじゃないのー？」

言いたい放題だなコイツら。逆に自分に魅力があるとでも思ってんのか……ガニ股が似合うようになったら女として終わりだな。コイツらは今の姿を知られている限りまともな男と付き合うなんて無理だろうな。下世話な話、こんな色んな意味で黒ずんだ奴を誰が好きになるんだよごめんなさいマジですみません。

「まぁな、佐城って、顔はあんまりだからな」

「確かにー、これじゃウチも無理かなー」

は？　山崎テメェ今何つったコラ。しばらく話さねぇうちに随分調子に乗るようになったじゃねぇの。そういう事は誰かに告白されたとか自慢できるようになってから――

……や、コイツ言わないだけで実はありそうだな。顔の良いバスケ部男子ってもう女子にとっちゃステータスでしかないもんな。モテてるかどうかは別にして、そういった意味で付き合ってほしいってのは普通にあんじゃねぇの？

「じゃあそういう山崎はどうなんだよ？」

「そりゃ～もうモテてんぞ！　結構告られたりするしな！」

「ちなみに？　例えば誰？　言えよオイコラ」

「佐城キレたし！　ウケんだけど！」

「え、てかホント誰？　マジ気になるんだけど」

ええおい？　さぁキリキリ吐けよ。このメンツだぜ？　黙ったままここから立ち去れると思うなよ山崎。お前の回答次第で今日から古賀達から短小扱いだかんな。マジだぞ？　俺だったら普通に涙で枕濡らすからな？

「聞いて驚くなよ？　A組の奥村だ」

「おくむら……村田、ちなみにその女子ってどんな子？」

「え？　〇〇〇」

「まぁ本気じゃないだろーね」

もう口に出すのすら憚られるんだけど……類が友を呼び過ぎなんだよ。一応進学校だよここ？　ちょっと四ノ宮先輩？　全くこの学校の風紀守れてないんですけど。うちのクラスの委員長とかもうとっくに見切りつけて無関心っすわ。頑張って！　飯星さん！

「………」

山崎黙っちゃったよ。おい喋ってくれ頼むから。俺がこの二人の相手し続けるとかマジで嫌だから。話すことなんか夏川の事しかねぇよ……あるじゃねぇか。でもこんな奴らに布教したくないなぁ……。

「まぁだよね。佐城は？　この前のコとか」

「は？」

「この前のコだよ。ほら、あの茶髪の」

……もしかして藍沢のこと？　ねぇよ普通に考えて。俺とどうこうなるわけねぇじゃん。寧ろ最初は藍沢も古賀達みたいな感じなのかと思ったわ。でも今は違う、今は俺と心の同志だ……！　ナイスシュークリームだったぞ藍沢！　夏川喜んでた！

同志を裏切るわけにはいかない。コイツらの顔を見る限りじゃ藍沢はそういう系なんだと思ってるに違いない。でも実際は俺の夏川に対する信仰心にしっかりと困惑してくれる良い子だったぞ。

「藍沢はな――」

「渉！」

ちょっ、藍沢へのフォローが……！　おいどうすんだよ！　せっかくフォローしようとしたのにできなかったじゃんか！　藍沢は入学した頃から有村先輩に一途なんだよ！　もう廊下を歩いてはベタベタベタベタ（※芦田談）と……あれ何でだろ、言ったら余計に藍沢の評判が悪化する気がする。

ってか話遮ったやつ誰だ。これが原因で藍沢の悪い噂が広がったらどうしてくれる。あのカップル邪魔すんのは正直悪でしかねぇぞ。

「ちょっと渉……‼」

「なん、だ……――え？」

成敗してくれる！　なんて意気込みで振り返ると、そこには鬼のような形相の夏川が居た。まさか俺以上に怒りを見せてる奴がそこに居るなんて思ってなかったわけで……自分の喉の奥から男とは思えないくらい裏返った声が出た。え、や、何でそんなあからさまに怒ってますの……？

「こっち来なさい！！」

「え、おいッ⁉　ちょっ、急に引っ張んッ……！」

有無を言わさぬ強引さに目の前の景色も頭の中もごちゃごちゃになった。強く引っ張られて軽く教卓に腰をぶつけたけど何だかそれどころじゃない気がした。夏川のデカい声がまだ頭の中で反響している。一体何なの……？

「ちょっ――とっとっとグヘッ⁉」

廊下に連れ出され、上の階に通じる階段の前を通り過ぎたと思ったら閉じてる音楽室の前にグォンと放り投げられた。迫る扉にビビって何とか体勢を整えようとしたけど間に合わず、激しい衝撃と一緒に漫画のような『ビターン！』なんて音が聞こえた。なに……？いったい何が起こったの？

頑丈な防音扉を背にゆっくりと腰から床に落ちる。目の前にはやっぱり何故か怒ってる様子の夏川。え⁉　え⁉　何で何で⁉

「はあッ……はあッ…………」

ええっ、肩震わせながら息切らしてる……！　なに俺死ぬの？　これからとんでもない事されんの？　マジかよ宜しくお願いします——じゃねぇな本当にヤバそう。

お、落ち着け俺……！　自分がした事を考えるんだ！　夏川が怒っている理由……きっと俺の今までの行動にあるはずッ……！

——あの！　過去何ヶ月も心当たりがあり過ぎてどれか分かんないんですけど！

13章 ♥ …… ♥ 姉弟の心、姉弟知らず

女子のキレた顔ってのはマジで怖い。語ってはみたけど実際にそれを見るのは幼い頃にお袋を怒らせた時以来だったりする。いやあれは女子じゃねぇな。

姉貴もそうなったらどうしようって恐れ慄いたことはあるけど、よく考えたら姉貴は鬱憤が少しでも溜まったら直ぐに晴らすタイプだ、主に俺で。だから姉貴のガチギレはあまり見た事がない。あれ……姉貴って俺が居なかったらヤバい奴なんじゃ……。

「……」

「……」

いや、ヤバいのは今の俺ですね。他に誰も居ない音楽室の前、廊下の床に尻を着け、何故かめっちゃ怒ってるクラス一の美少女をただ呆然と見上げる。もう何言って良いか分かんねぇっす。

「……」

あ、あの……何か言ってくんないっすかね。自分の置かれた状況とか全く解ってないん

すよ。何でこんな怒り向けられてんのとか、何でこんな美少女と二人きりなのとか。そろそろ何とか——あれ、何でハッとして——え？　何で周り見回してんの？　や、そんな苦々しい顔……明らかに『やべぇやっちまった』って顔だよね？

背中痛い。すげぇ冷静になって来た。

「あの、夏川……？」

「っ……な、なによ！」

「分かるっしょ？　俺の言いたいこと」

「うッ……！」

いや怒っちゃいないんだよ。俺だけに気を向けてくれるのとか嬉しいし、怒らせる心当たりが無いだけに間違いなく冤罪だって分かってるから。自分に非が無いと強く出れるっつーか？　さぁこんな事した理由を教えてもらいましょうか俺のアイドル。

おうおう肩震わせちゃってどうした……ってあれヤバくね？　何かすげぇ睨まれてる……ひぃん。

「——ンタが——」

「……え？」

「アンタが、——……から」

う、うん？　何だって？　夏川何て言ってんの？　俺って難聴系だったっけ……いや難聴系ってこんな耳澄まして必死に聴き取ろうとする？　リスニングの努力しても難聴系ってそれはもうただの難聴だよ耳鼻科行けよ。

何とか聴き取ろうとする俺の様子に気付いたのか、夏川は一瞬怯んでまた俺を睨み下ろした。睨まないでよぅ……。

「夏川、スマンもういっか――」

「アンタが！　あの子達と話すからじゃないッ‼」

「はな――……え？」

え、え、え……おう――おぉん！　！？

オーケーちょっと待とう。会議だ俺、全部の俺、集合。

いま夏川何つった。Ｙｏｕが――違うな？　今ふざけてる場合じゃないよな俺？　分かってるよな俺？

『あの子達と話すから』。まぁさっきの状況からして古賀と村田、おまけに山崎の異次元集団のことだよな。

問題はその言葉そのもの。アイツらこそマジで違う世界に生きてるわ、山崎はその狭間。

なぁに？　どう聴いても彼氏が別の女と話して嫉妬しちゃってる彼女じゃないのもおっ。自分の中の男の部分を滅さないと平静保てないんだけど……。

いや落ち着け、額面通りに受け取るな。きっと夏川はそんなつもりで言ったんじゃない。じゃあそれなら……？　何のつもりでまたあんなイジらしい言葉を大声で言ったんだよ可愛い抱（だ）き締めたい。

「ぁ……！　あ、あ、ちょ、ちょっと！　勘違（かんちが）いしないでよね！　そんなつもりで言ったんじゃないんだから！」

「だ、大丈夫（だいじょうぶ）だ解（わか）ってるから！　今考えてっから！」

古賀や村田達と話したから。それが原因で夏川は怒った……や、何で？　アイツらと話した事で何で夏川が怒る事になんの？　何か都合が悪い事でもあんの？　……やっべぇ解んねぇ、今の俺をもってしてでも解んねぇんだけど。

「……わからん」

「解ってないじゃない！」

「解るか！　あんな言葉嫉妬じゃなかったら何なんだ！　可愛いかよ！」

「か、可愛くない！　そんなんじゃないわよ馬鹿‼」

「知ってるわ！　だからなおさら解んねぇんだろうが！」

「だ、だからっ……！　あぁあぁもういいわよッ！！！」

「お、おい夏川！」

夏川は苛立ちを自分で消化するように髪を掻き乱し、逃げるように去って行った。どうやら俺をどうこうする事を諦めたみたいだ。あぁ……綺麗な御髪が。

「ハァ……しょっ、と」

音が消えた。さっきまでの騒がしさとは一転、辺りはシンと静まり返って、廊下の先からは教室から溢れ出す喧騒だけが伝わって来た。

立ち上がって尻の埃を払う。あーあ汚れちまったよ。

怒鳴られ、叩き付けられ、背中を痛め、結局それでも何も分からないまま。それでもあんまり怒りを抱かないのは何でだろう。それはきっと、ただ単に夏川のことが好きだからだけじゃないはずだ。

夏川にはああしてまで俺に伝えたい何かがあった。だけどそれを上手く言葉にできなくて、だからこの場から立ち去る事しかできなかったんだ。ああ、これなら一貫性がある。ほとんど浅い部分しか解ってないけど、それだけで十分だ。

――だけど。

『アンタが！　あの子達と話すからじゃないッ!!』

それだけ考えられるのに、あの言葉の本当の意味が解らないのは何でだ。これが嫉妬じゃないんなら他に何の可能性があるっつんだよ……？

いや、そもそも解る必要があんのか？　夏川はヤケになりつつも『もういい』って諦めたんだ。夏川がそれで良いなら、俺がこれ以上を解ろうとする必要なんてないんじゃないか？

「……いつつ」

ただ、やっぱりこんなのは普通じゃない。怒りは無いけど、こんな痛い思いをするなら生徒会室で姉貴に罵られながらも手伝いをしてた方がマシだった。本当はそれすらも嫌なんだけど。

限界まで影を薄くして教室に戻ると夏川は居なかった。俺のＨＰは０。余力なんてもんは残ってなくて、五限の授業で古文を解読することもなく爆睡してしまった。特別課題を頂戴したのは言うまでもない。

◆

「……」

「……」

もうね、何なんだろうね。朝起きて普通に学校行って普通に過ごして普通に帰って屁こいて寝たいだけなのに、どうして俺にはこんな注目されるような事が起こるんだろうな……諦めよう、もうこれが俺の普通なんだろ。

「何かご用ですか？　生徒会長」

「その呼び方はやめてくれ……いつも通り普通に呼んでくれると嬉しい」

「……そうすか」

放課後、わざわざ教室までお出迎えに来たクール系イケメン、結城先輩。当然ながら周囲はざわめき、俺には『アイツに一体何の用なんだ』なんて視線が向けられていた。女子達は口々に黄色い歓声を上げ、廊下からこっちを見てる古賀と村田の目は血走っていた。怖ぇよ何だよアイツら。

「その、時間は取らせない。少しだけ外せないか？」

「まぁ、はい……あと帰るだけなんで。別にゆっくりでも良いっすよ」

「……後ろの子は、良いのか？」

「え……え？」

不思議に思って後ろを見る。確認して何度も瞬きをしてしまった。すぐ近くで俺に手を伸ばしかけ、呆然とした様子で結城先輩を見上げる夏川。察するに何もかもタイミングが悪かったんだろうな。

いやタイミングとかいうより夏川が俺に手を伸ばそうとしてんのがもう何つーか喜び庭駆け回っちゃう感じだよね。犬かよ俺は。

「どした夏川？　さっきの件か？」

「ぁ……」

昼から放課後にかけて結構な時間があった。俺に言おうとしてた事も言葉にできるくらいには纏まったんじゃないかね。あんだけ怒ってたんだ、ぶっちゃけ俺も気にならないと言えば嘘になる。

しかしどうも俺とは目が合わない。結城先輩みたいなドチャくそイケメンを目の前にしてるんだ、直視しちゃって俺の問いかけに返事もままならないのなら仕方がない。

「……また今度な。行きましょう、先輩」

「ああ」

再三繰り返す。結城先輩はもはや一周回って下品なイケメン（※褒め言葉）だ。このレベルの顔なら目の保養になって夏川の抱える憤りのようなものを忘れさせてくれるかもしれない。現になんか釘付けっぽいしな。ちくしょう……。

前にも言ったように一般男子っていうのはそもそも醜い生き物なんだ。目の前で想い人が別の男に釘付けになっている姿を見せ付けられるのはどうも我慢ならない。気が付けば早々と結城先輩を引き連れて夏川から引き離す俺が居た。

それから前を歩く先輩の一八〇はある身長を見て、いっそのことあと三〇センチくらい伸びてしまえと思った。

◆

生徒会長に求められる素質。それは一般常識を待ってる事だ。だから結城先輩がどれだけ常識的な性格であろうと身長と顔が常識外だから生徒会長には向いてない。すみません嘘です。うちの姉を嫌わないでくれてありがとうございます。

三階の棟と棟を繋ぐ連絡通路。天井はあるけど両側は吹き抜けになっていて、微かな南風がムワッと俺の頬を撫でた。けど日陰になってるから別に暑いというわけじゃない。右手の手すりから下を見下ろすと帰って行く生徒の姿が一望できる。学校が終わって解放された生徒達は明るい顔ばかりだった。

「突然呼び出して悪いな、渉」

「あ、いえ……」

そんな事より場所のチョイスが百点なんですけど。ちょっとは見習ってくれませんか四ノ宮先輩。結城先輩の爪の垢を煎じて飲んでもっと常識を身に付けてください。あらやだ、恋の予感。

「えっと……？　またお手伝いの話ですかね？」

「それは願ったり叶ったりの話だが……本題は違う」

「はぁ……」

文化祭準備にあたっては文化祭実行委員会が設置されて、それが主導で準備が行われるとの事。夏休み後に向け、生徒会はその前準備を今から行ってるらしい。確かに、手伝った中の資料に〝秋〟だったり〝十月〟の文字が多くあった。まだまだ仕事は多くあるみたいだ。

それを差し置いて俺に用なんて一体なんだ？　俺のあらゆる能力を全面カバーしている結城先輩が相談とかとても考えられないけど。

「なぁ渉……お前は、自分の事をどう思う」

「……はい？　自分？　〝俺自身〟って事ですか？」

「ああ」

ええっ、何その質問……俺の自己評価を聞いてどうすんの？　まさか何か試されてるとか？　返答次第で生徒会に引き込まれたらどうしよう……絶対に嫌なんだけど。

「えっと……客観的に見て普通な奴だと思いますよ。特筆すべきものとか無さ過ぎて泣きたくなっちゃいますね」

「……」

結城先輩の顔色をうかがいながら笑う。そうしてると、先輩は一歩下がって俺を足下から頭の先まで品定めするように見始めた。あの……少しは感情にスイッチ入れてくんないすかね。何か怖い上に泣きたくなって来たんですけど。

「そうだな」

そうだなじゃねぇよ。なに冷静な分析してくれてんの？　普通な奴は普通を自負するけど容姿の整った奴に言われるとムカついちゃう変な生き物なんだよ。クリーチャーなんだよ！

「でも、慕う女子に何年も強い熱を持って接していたと聞いている」

「忘れてくだせぇ」

我慢ならず思わず言うまいとしてた言葉が出てしまった。あまりに丁寧に言われたもんだからもう身悶えもんだよこの野郎。思わずここから飛び降りたいなんて思っちゃったよ……。

ってか誰だよ吹聴したの……姉貴だな、どう考えてもそれ以外に居ねぇわ。何で弟の恋愛事情をペラペラ喋っちゃうかな……そういうとこだぞマジで。

「どうしてやめたんだ？」

「話す理由がありませんね」

「……そうか」

踏み込み過ぎだろ。そう思って冷たく突き放すように言葉を返すと結城先輩は大人しく引き下がった。どうやら深く追及するつもりは無いらしい。最初から訊けるとこまで訊いて不興を買ったらそこまでにするつもりだったのかね。気遣いが解りづらいよ……さすがクール系イケメン。ありがちな口下手。

「とにかく……どうやらお前は最近、何か変化があったようだな」

「それはまぁ、はい。思うところが有りまして。変わったと言うよりは、余計な事をしなくなりましたかね」

「その理由……訊きはしないが、楓は知っているのか？」

「姉貴……？」

知って……はいないか。夏川が家に来た時のやり取りは見たはずだけど、俺の身の振り方について詳しい事を話した事は無い。つか普通誰にも話さねぇよこんなの恥ずかしい。姉貴に何を言おうと嫌味で返されるだけだっつの。絶対に話さない。

「その様子だと……話してはいないようだな」

「世界一俺に興味無い存在っすよ？　俺に対する強い当たりを見たでしょう、先輩はあんな態度をとられた事はありますか？」

「無いが……まぁ、確かにあれは凄いな」

「ならわざわざ話す必要も無いでしょう」

「くく……」

お、おお……結城先輩が薄く笑った。やべぇ映える、男から見ても感嘆もんだわ。この横顔を見てると例のストーカーお嬢様の小悪党感は確かに不釣り合いだな。どうか世の中のためにアメリカのセレブ女優あたりを狙っちゃってください。

「だが、世界一興味が無いというのは有り得ないだろう。事実、楓はお前の変化に戸惑ってるようだぞ」

「は……？　姉貴が？」

そういや甲斐先輩も何か言ってたな。まるで俺が思春期であるかのような事を言っていた気がするけど、寧ろ俺が興味無さ過ぎてあんまり憶えてない。だって姉貴の鋼の精神が簡単に動じるなんて思えないもん。もんっ。

「お前はそれを悪い変化だと思ってないようだが、少なくとも俺達は楓から聞かされた時はそうは思わなかった。特に、好きな人への恋を諦めたという点ではな」

「そこまで話したんですかあの姉は……」

「そう言うな、楓は相談のためにそれを話したんだ」

確かに、姉貴が知り得た情報を繋ぎ合わせると、まるで俺が自己嫌悪に陥って自信を失くして好きな人を諦めたかのように映ってるのかもしれない。

……や、間違ってなくない？　普通に自己嫌悪に陥って夏川に付き纏うのをやめたんだけど。でもそんな後ろ向きな感じじゃなくて、自分を前に進めるためとか、結構ポジティブな理由でそうしてるんだけどな……。

「楓は、その原因の大部分が自分にあると思ってるようだ。自らの手で、弟の大事な青春を壊してしまったのではないか、とな」

「……」

思い出した。確か甲斐先輩も同じ事を言ってた。あの時は『またまた冗談を～』なんて重い感じに捉えなかったけど、結城先輩から聞くと同じニュアンスに聴こえないんだよな……。重い、重いよ姉貴、マジですか。

「楓がお前に対して罪悪感のようなものを持ってるのは薄々感じていた。そんな事は無いと俺達も励ましたが……この前、お前自身の口から聴いた言葉を境に、楓の様子は一変した」

「……は？」

「幼い頃から、楓やお母様から『お前はその程度なんだ』と、まるで言い含められていたかのような事を言わなかったか……？」

「……あ、あー……」

……い、言った記憶が無い事も無いですね……。確かにそんな事言ったけど、俺は寧ろそんな現実的な有り難い教育を受けてたのに応えられなかったって、反省する意味で言ったんだけど？　そこに関してはマジで姉貴とお袋のおっしゃる通りって感じなんだけど。

「あの後、俺達は初めて楓が泣く姿を見た」

「……！　ちょ、マジですか……」

「その様子じゃ、お前は今の現状にさほど不満を感じてはいないようだな」

「はぁ……寧ろ、ようやく相応しい身の振る舞い方ができて恥を晒さなくて済むなんて安心してたところですが……」

「そうか……」

あの日、俺が生徒会に行ったのは金曜だった。どうりでその晩から土日にかけて一度も姉貴と話さなかったわけだ。よく考えたら会ってすらいない。それは姉貴が意図的に俺を避けてたからっつーわけか。

そんでもって結城先輩がさっきからお前お前と強めの語気で言ってくる理由も何となく解った。何か馴れ馴れしくない？　なんて思ってたけどそういう事。姉貴を苦しめるような真似をするなと。姉貴の事好き過ぎない？

「……分かりました。身内の事ですしどうにかしますよ。でも、一つだけ訊かせてください」

「何だ？」

「先輩がその話をしたのは、姉貴に悲しんで欲しくないからですか。それとも、姉貴を苦しめる原因となった俺がムカつくからですか」

「……」

尋ねると、結城先輩は考え始めた。どちらも答えに困るような反則的な質問と思ったけど、結城先輩は照れる事も気まずそうにする事もなく直ぐに言葉を返して来た。

「それに加え、俺のためでもある」

「……」

生徒会長は常識的でなければならない。それはつまり、綺麗事に加えて生徒の持つ俗な部分にも理解を示せる人間でなけりゃならないという事だ。結城先輩はもっと夢とか希望とか綺麗事を並べるただのイケメンだと思ってたけど、ちゃんと人らしい熱い部分を持ってたみたいだ。

「……先輩、たぶん自分の顔の良さを理解してますよね？」

「それで調子に乗って痛い目に遭(あ)った。そこから堕(お)ちて行った先で、俺を掬(すく)い上げたのがお前の姉だ」

「……マジかよ」

何その話。学園ドラマ一つ出来そうなんですけど。

◆

『場は準備してある』

『えっ』

や、確かに〝どうにかします〟って言ったよ？　でもほら、こう……家族会議的な意味でさ？　まさかあの流れでそのまま姉貴と顔合わせに行くとか思わないじゃん？　姉貴のためとは言えちょっと俺にも心の準備とかそういうのがですね……。

てか未(いま)だにあの姉貴が泣いたとか信じられないんだけど？　俺の知る姉貴なら『渉？

モテるわけないじゃん今代で佐城家終わるよね』って血も涙も無い事言いながら俺にハーゲン買って来いとか命じそうなんだけど。マジでかよ天地ひっくり返ってないよね……。

結城先輩いわく場所は屋上らしい。生徒会権限で開放し、姉貴は適当に理由付けて連れ出すとの事。甲斐先輩や花輪先輩の腕が問われるな……え？　轟先輩？　あの人女性のエスコートできるほど人の機微が解るんですか？

「…………はぁ…………」

溜め息が止まらない。

急展開過ぎるんだ。絶対じゃないにしても、今から毎日顔を合わせる誰かとくそ真面目な話をしないといけないって辺りがこう、首の後ろをムズムズとさせる。

初めて通る三階より上の階段。埃っぽくて静かで、時間も時間だから妙に薄暗い。普通に過ごす分には卒業まで絶対に通らない場所だ。それなのに、明らかに俺より前に誰かが埃の上を通った跡がある。

「うう……」

家族の泣き顔なんてたとえそいつが傍若無人な姉貴のものだとしても見たくない。普通の高校生、それも末っ子がこの歳でそれを目にする機会なんてほとんど無いんじゃないか。想像するだけで妙な気持ち悪さが襲って来る。

――だからと言って、俺の知らないとこで姉貴が泣いたなんて話を聞いたら黙ってるわけにはいかないじゃんかよ……。

錆だらけのドアを開ける。キーッと不愉快な音が鳴って俺の妙な苛立ちを助長させた。

頭の中を占めるのは疑問ばかりだ。何で部活もしてないのにこんな時間まで残ってんのか、何でこんな状況になってんのか、何で卒業までたったの一度も立ち寄る予定の無い屋上に向かう事になってんのか、何でこんな普通じゃない事になってんのか。

――全部、謎すぎる裏の顔を持った姉貴に訊いてみよう。

「……姉貴」

「え……？」

屋上の先、いつもと変わらず気怠そうな顔で突っ立ってた姉貴。呼び掛けると、俺を見て驚いた顔で一、二歩後ずさった。

「は……？　何で渉が……？　凛が呼んでるって、蓮二が」

「うん……？」

り、凛……？　凛ってあの四ノ宮凛様かな……？　え、知り合いなん……？　よく考えたらこの二人って生徒会副会長と風紀委員長じゃん。全然知り合っててもおかしくなかったわ。

姉貴を上手いこと呼び出したのは花輪先輩らしいな。確かに、こう、誰かを誘導させるとか一番上手そう。

「そりゃ先輩の嘘だよ。で、姉貴。泣いたんだって？」

「はっ……？　え⁉」

余計な前置きは要らない気がする。早く事を進めたい。ストレートに核心を突いてみると、一瞬ポカンとした姉貴はハッとした後にわたわた慌て出した。この反応は……結城先輩の嘘じゃなかったのか……。

「……ア、アンタッ……‼」

「羽根より口が軽い生徒会長様が告げ口してくれたよ。まぁ、流石にそのままにしとくのは気が引けたんじゃね」

「……ッ………」

弟に泣いた事がバレる。今どんな気持ちなんだろうな。普段から気の強い姉貴のことだから素直に認めてくれたりはしないかも。でも、だからと言って俺もいつもみたいにこのままペコペコするつもりは無い。

「なぁ姉貴……俺の良いとこって何なの。十個――――いや五つで良いからさ、挙げてくれよ」

「は……？　いきなりなん——良いとこって……」

「そのまんまの意味だよ。俺の良いとこ。泣くほど心配なら言えんだろ」

「え、えっと……！」

いつもの堂々とした態度とは打って変わってオロオロとしだす姉貴。あまり強気な態度は感じられない。そんなことを思う俺も自分じゃ信じられないくらい思い切りの良い態度になる。ああ……これは後が怖いな。

姉貴は視線を彷徨(さまよ)わせながら指を折っている。あたふたと必死に捻(ひね)り出(だ)そうとしてんのが明らかだった。自覚もしてたし、無いなら無いで別に良いんだけど、それなら何でって感じだった。

「もういい、わかった」

「ちょ、ちょっと待ってっ……これはっ、違くてッ……！」

「じゃあ次、俺の普通なとこを十個」

「えっ……!?　え、えっと——」

別に姉貴を試したいわけじゃない。ただ理由が知りたいんだ。

俺を心配？　好きな女子を諦めた原因が姉貴？　俺すらそんなこと思ってないのにそんなこと言われても困るだけなんだよ。何より、そんなの姉貴らしくない。

「――か、顔！」

「――身長！　性格！　体型！　賢さ！　財力！」

「顔」

「財力」

「――髪型！　ファッションセンス！　体力！　清潔さ！　体臭！　面白さ！　弟力！」

「……」

「――STR！　DEF！　SPD！　DEX！　LUX！」

「おいズルくね……？　ちょ、もういい、もういいからっ、やめろ！　やめてくださいっ……！」

ちょっと待って。

あの、今二十個近く言わなかった？　そんな多く求めてないんだけど。あと後半。俺だってそんな戦闘に使えそうなステータス知らねぇよ。なに、姉貴ってそんな普段から戦闘ステータスみたいなこと考えて過ごしてんの？　戦闘民族かよ。

何とか止まらない口を黙らせると、姉貴は肩で息し始めた……え？　俺の普通さって挙げたらそんな無限大なの？　疲れるレベル？

「何だ、姉貴も思ってんじゃん。俺が普通な奴なんだって」

「……っ………」

「そうだよ俺は普通なんだ。自分ですら認めてる事実なんだよ。そんな現実を姉貴やお袋が今まで俺に教えてくれただけだろ？　何も間違った事なんて言ってねぇんだよ。なにらしくもない心配してんだよ」

「……」

「確かに俺は色んなモンに見切り付けたよ。でもそれは姉貴やお袋に気付かされたからじゃない。鏡に映った自分のクソッタレなアホ面眺め過ぎて嫌でも現実を知る事になっただけだ」

情けない話だけどそれが真実。これは俺が自分で勝手に熱くなって勝手に冷めただけの出来事。それを姉貴にくどくど言われる筋合いは無いし、余計な心配をされるいわれもない。

「……ゾッとしたの」

「……は？」

「上辺じゃ好きな人を諦めたなんて言って、ホントは諦めきれてなくて。そうやって挫折した子が居んの。だから、アンタも同じようになるんじゃないかって、アンタに、何かとんでもないことしてたんじゃないかって……」

「……んだそりゃ」

じゃあ何か？　姉貴とっちゃ俺が今まで言ってきたことが全部建前に聞こえてたってのか？　俺が夏川本人の前で言ったことも、生徒会室で言ったことも？　ホントはまだまだ夏川の事を引きずってるけど、心ん中じゃ全然忘れられてなくてどうしようもなくなってる女々しい奴だって思ってたってわけか。

……はっ。何だよ、いつも通りじゃんか。

「心配すんなよ。そもそも俺は忘れようとしたわけじゃないし。今も好きだし、あわよくばなんてアホみたいなことも考えてっから。ただ、そのほら……やっぱり俺はどうしようもなく普通なんだって。弁えなきゃって思っただけで」

「で、でもそう思うようになったのはっ……やっぱりアタシが言い過ぎたからでっ……！」

自覚あんならやめてくんないっすかね……。

何で悔しがってんのこの人。俺にどうして欲しいの？　肉まん買ってくりゃ良いのか？　良いぜコンビニで買ってやんよ上から下まで全部な……！　に、二千円で足りる……？

「だから。んなこと――」

「あ、あのさっ」

「んだよ」

「アンタの事悪く言ったりしてたけど、本気じゃないから。自信持ちなよ。自分でフツメン認めてるからって何年も好きだった子諦めるのは勿体無いって」

「は……？」

まるで諭すように言う姉貴。何を言い出すかと思えば、今になって誤魔化すような言い訳染みた言葉。

は……？　何だこれ？　何で今更そんなこと言ってくんだ？　姉貴は別に間違ってねぇんだって、ちゃんと説明したはずだ。それなのに何でわざわざそれを否定する様なことを言うんだよ。何だったんだよ今までの時間。

「その、矯すからさ。もうアンタを馬鹿にしたりしないし、理不尽な事も言わない。アンタがそんなに自分を卑下する必要なんて――」

「いい加減にしろよてめぇクソ女」

「なっ、な……!?」

過去最高に腹が立った。ホント、これ以上は黙ってくんないと姉貴の顔に手が伸びそう。

「矯す？　矯して何になんだよ。弟に悪口も言わず手も上げずに居たら俺が自信付くってのか？」

「そういう訳じゃっ……！」

「反省でもしたつもりかよ。今さら優しい姉ちゃんにでもなるつもりか？　誰だよそいつ。俺に優しくしてくれた綺麗な姉なんざ今までに一度だって居たことねぇよ」

「……っ……」

今まで築いてきた関係。確かに俺に風当たりは強かったかもしれないけど、それなりに満足するもんはあった。他でもない姉弟だからだ。遠慮も気遣いも無く積み上げてきた気の置けない関係を今更ぶち壊せって言うのか？　ふざけんじゃねぇ。

〝お優しい姉〟。俺にそんな姉ちゃんはいない。それなのに今日ここまで俺たちがやって来れた理由はなんだよ。理不尽な苛立ちをぶつけられようと憎まれ口を叩かれようと、一切遠慮なんかしてこなかったからじゃねぇの。それが帰る場所だったからじゃねぇのかよ。

「俺をパシって、礼の一つも言わず我が物顔でリビングのソファーに寝そべって、文句言いながらスマホを弄って肉まんを頬張ってる女王様――それが姉貴だろ、そうじゃねぇならそいつは俺の姉貴なんかじゃない」

「うっ……あ、アンタ……」

俺はドMじゃない。だから叩かれたいわけじゃないし理不尽にパシられたいわけでもない。姉貴が姉貴のまま優しくなってくれんのなら願ったりかなったりだ。でも、腹に溜まるもんはどうしようもねぇだろ。外ならまだしも、家の中でまで自分を抑えつけてほしくなんかない。そんなの俺は望んでない。

「――少なくとも、そんな姉貴が一番好きだね」

「なっ……」

「だから、気を遣(つか)うなんざ迷惑(めいわく)なだけだからやめろ」

頼(たの)むから、ホントに。

恥ずかしい。言っちゃったよ何なのこの茶番。結果的に姉貴に『姉貴は姉貴のままで居てくれ』って言っただけじゃねぇか。ホントマジで結城先輩この恨(うら)み一生忘れねぇかんな。

俺もう二度と姉貴の前で真面目な話なんかしない。

「……」

「……何だよ」

「……別に。何でも」

何か言いたげに見てくる姉貴。文句有んのかと見返すと真顔で返された。言いたいことは解る、『コイツこんな事言えんだな』とか思ってんだろどうせ。

自分が苦々しい顔をしてんのがわかる。それをただ黙ってじっと見てくる姉貴も何だか気に食わない。

睨(にら)み返(かえ)してると、姉貴がようやく口火を切った。

「ホントに良いの。アタシがアンタに優しくしてやる最後のチャンスなんだけど」

「や、何で最後のチャンスなんだよ。普通に優しくしろよ」

「はあ？　アンタ、どっちなわけ？」

いやそういうことじゃなくない？　イジめる気満々かよ怖ぇよ何なんだよこの姉。0か100しかねぇのか。気遣わなくても特に何の用も無しに気まぐれで肉まん買って来てくれても良いのよ？　何ならハーゲンも少しくらい分けてくれたって——

「はあ？」

「はあ？　って。何回訊き返しゃ気が済むんだよ」

「や、そうじゃなくて。アンタ、後ろ」

「はん？　後ろ？　なに訳わかんねーこと——」

後ろを向く。屋上に出る扉。そこからずんずんとこっちに向かってくる女子を一生懸命止めようとするバレー部の女子。

ん？　んんんん？　あれおっかしいな幻？　何でこんなところにクラスメートしかも片方は好きな子が居んの？　しかも何かめっちゃ怒ってない？

「夏か——」

「アンタ自分のお姉ちゃんに向かってなんて口利いてんのよッ！！！」

「ぐおッ⁉」

え、ちょっ、胸倉っ……ええっ⁉　何で何で⁉　何で夏川がそんなに怒ってんの⁉　てか何でこんなとこに居んのッ！！？　姉貴？　え？　何て口って……もしかしてさっきの聴かれてたってこと⁉

「ええ……？」

「バッカじゃないのアンタは！　〝クソ女〟なんて言ったらお姉さんが悲しむでしょうが！早く謝りなさい！」

「ちょっ、愛ちストップ！　さじょっち止まってる……！　完全に固まっちゃってるから！」

超キレてる夏川を宥める芦田。よく見なくてもまだバレー部のユニフォームのままだ。プロテクター付けたままとかデモ隊抑える女性機動隊員かよ。おっふ、夕焼けに照らされた脚マジやべぇな……。さすがバレー部なだけはある。

「あ、あの……芦田……？」

「ゴメン！　マジごめん！　大丈夫！　最後の方しか聴いてないから‼」

「……」

何これどうなってんの？　俺どうすれば良いの……？　てかやっぱ聴かれちゃってた

の？

掴まれた胸倉のとこを押さえたまま立ち尽くす。やっと手を離した夏川はそれでもまだ芦田に掴まれて止められていた。姉貴より怖いんだけど何で？　昼の事もそうだけど俺何かした？　最近ってか、今まで迷惑かけた事を報復しようとしてるとか？　だったら甘んじて受け入れるけど。

困惑する最中、ふと後ろを見ると呆然としてる姉貴と目が合った。全然悲しんでない。こっちもこっちで夏川と芦田の急な登場にびっくりしてるみたいだ。二人を交互に見ながら目を見開いてる。

そろりと俺に目を合わせると、呆れた感じに目を向けてきた。

「……アンタ」

「何も言うな頼むから」

切なる願い。大口を叩いときながら女々しい声しか出なかった。このタイミングで夏川に反抗して姉貴に物申すほど肝は据わってないんです。何だろう……何かね、アタシ、もうどうでも良くなって来たの。

「ちょっとアンタ聴いてんの⁉　年上に対する態度ってものがあるでしょうが！　そんなんで愛莉に悪影響与えたらマジで許さないからね‼」

「は、はぁ……？」

「ちょ、あのねさじょっちっ……！　これには深ーい訳があんの！　ちょっと付いて来てくんない!?　ホンット！　とりあえずアタシを助けるためと思って!!」

「お、おお……」

よく分からんけど芦田に従って付いて行くしかあるまい。目の前で夏服の女神と健康肌のスポーティーガールが組んず解れつな事になってんのをもうちょっと見てたい気もするけど。

「渉」

呼び止められる。呼び止められちゃったかー。

夏川と芦田の登場でさっきまでの空気が有耶無耶になった感が否めない。や、まぁそれで良いんだけど。でもだからっていつもの姉貴っぽく機嫌悪くなってたらやだなぁ……。怒ってない？　怒ってないよね？

「な、なに」

「あのさ……ごめん。アタシの頭がお花畑になってただけなんだと思う」

「……は？」

「や……何でも無い。行きな」

行きなて。何でも無くなくない？

どゆこと？　結局怒ってないの？　なら別に良いんだけど。後でハーゲンとか請求(せいきゅう)しない？　おい怯(おび)えまくってんじゃねぇか俺。

どうせ家でまた顔を合わせる。だから別にこれ以上追及(ついきゅう)しようとも思わない。きっとまた帰ったらソファーにはしたない恰好(かっこう)のまま寝転(ねころ)がってんだろ。んで、邪魔(じゃま)っつったらうるさいっつってまた足蹴(あしげ)りしてくるんだどうせ。このいい加減さこそが俺と姉貴。

結局、何が問題で何かを解決できたかなんてわからないままだった。

最終下校時間も過ぎ、何故か夏川と芦田とファミレスに入っていた。時間も時間だから晩飯は要らないってお袋にメッセージすると『警察だけには捕まんなよ』とよく見たら犯行を止めようとしてない有り難いお言葉を返された。お袋……。

席について適当に注文を済ます。三人分の水を注いでテーブルに置くと芦田が直ぐに話す体勢になった。急いで制服に着替えたのか皺が寄ってる。何か夏川だけじゃなくて芦田もちょっとムッとしちゃってるし、怖いんだけど……。

「とりあえず、お姉さんとの会話を聞いちゃったのはごめん。さじょっちを探してて……屋上に向かってくとこ見つけて、それで思わず……」

「ああ、そゆこと。まあ別に」

「う、うん……ごめん」

小っ恥ずかしいこと言った憶えは……あるけど。まあ別に俺と姉貴に限った話だし、わざわざそれを話題に出されることもねぇだろ。

気恥ずかしさを隠すように軽いトーンで返すと、芦田は気を取り直すように少し俺に顔を近付けて小声で話し始めた。

「それでさ、今日の愛ち……なんかヤバかったらしいじゃん？」

「ああ、今日もヤバかったな」

芦田の問いかけに対してヤバいくらい可愛かったななんてニュアンスで返すと、心を読まれたのか白い目を向けられた。さすが俺と夏川を間近で見て来た芦田だ。察する力が違う。

当の夏川はというと、芦田の横でふて腐れたように腕を組んでそっぽを向いていた。口尖らせてるし何なの？　普通に可愛いんだけど。

「良いご身分だねーさじょっち。こんな時間に女の子二人も侍らせて、ええ？」

「あ、はい……」

言われて初めて今の状況を理解する。そうじゃんクラスメートの女子二人と飯食ってるわ今。どんな状況？　今んとこまだ俺がここに連れて来られた理由がよく分かってないんだけど。

夏川がツンと窓の外を向く。それを見て芦田がもっとムッとした顔になって夏川の膝をぽすぽす叩いた。

「ちょっと愛ち！　アタシ言うからねっ！」

「……す、好きにしたら？」

「ホントは自分で言ってほしいんだけどね！　でもほっといたらたぶん愛ち未来永劫言わないからアタシが言うね！」

「うっ……」

やだすげぇ棘あんじゃん、なに喧嘩？　喧嘩なの？

夏川と芦田が反発し合うなんて珍しい。端から見たら二人が俺を奪い合ってるように見え……ないか。ちょっと店員さん？　何で迷惑そうに俺を見るの、普通こっちの二人じゃないの？　ねぇちょっと。

今までを振り返れば夏川のいい加減にしろと言わんばかりの顔が何度も思い浮かぶ。怒ってるっつーよりげんなりしてんな……やっぱそんだけ俺の事が煩わしかったんだろ。感情的な夏川と言えばそんな場面が一番最初に思い浮かぶ。

でも今日一日を通して目にした夏川は新鮮だった。今までに無いくらいストレートにぶつけられた怒声はもう何つーか一周回ってデトックス効果がありそうだった。あらやだ……これが私？

「まぁ確かに。何か様子がおかしい気がしなくもなかったけど。昼のやつとかアレ何だったの？」

「……」

「あ、あー……背中痛かったなぁ……」

「うっ……！」

夏川の気まずそうな顔を見た感じだとやっぱり何か事情があるっぽい。しかもあんまり俺に話したくない感じのやつくさいな。匂う、匂うよ。匂わせて。

「あー……えっとね？　さじょっち」

「ちょ、ちょっと待って！」

話そうとする芦田を慌てて止める夏川。え？　そんなに話したくないやつなの？　だったら別に無理してまで話してくれなくてもいいっつーか。別に俺も鬼じゃないし？　夏川の迷惑にならないんなら別に知らなくても良いんだけどな……。迷惑かけられる分にはウエルカム。さぁ来い！

「もうダメだよ、愛ち。さすがに今日のはちょっと目に余ったから」

「わ、悪いとは思ってるわよっ……！　で、でも……」

芦田が味方してくれんのは嬉しいんだけどな……そこまで言いたくないって事はやっぱ面倒事？　姉貴にしろ夏川にしろ、まあ訳はわかんないとこあるけど俺別に怒ってねぇからな……よしここは一つ、俺から身を引くことで場を収めるという大人な解決をだね？

「あの、別に言わなくて良いけど？」

「……え？」

「言いづらいんだろ？　いいよ。俺が古賀や村田と下品な話をしないで姉貴に生意気な口利かなきゃ丸く収まるんだろ？」

そもそもあんな異次元集団に近付こうと思わないし滅多な事が無けりゃ姉貴に生意気な口なんか利けやしねぇよ。夏川とのやり取りを抜きにしても今日はガリガリと身も心も削りまくってるわ。多分もう二度とあんな事起こんねぇんじゃねぇかな……。

結城先輩が言ってたみたいに、これらの原因が俺の振る舞い方に有んのならこれは余波だ余波。たぶん色々と良い方向に変わってってる途中なんだよ。いつまでもズルズルと引きずってくようなもんじゃない。夏川はそんな俺と色んな意味で近かったから、日常の何かが変わってイライラしちゃっただけなんだよきっと。

そう、だから俺がそういう場面でクッションのように柔軟な――

「――お、収まんないわよ！」

「!?」

え、ちょっ……！

お、怒った？　怒ったの？　俺も芦田も思わず仰け反ったんだけど。ヤバくね？　まさかこんなに夏川が俺に食い下がる日が来るとは思わなんだ。いつもは即刻離れたがってたのにな。良いだろう、そこまで言うのなら嫌と言うまで付き合ってやろうじゃねぇかっ

……そんなこと言ってるから嫌われるんだろうな。

芦田が咎めるような目で夏川を見る。夏川は気まずそうな表情を浮かべると、拗ねたように小さく口を開いた。

「だ、だって……ほっといたらまた変な事するじゃない……」

「可愛い——や、しないから」

「さじょっち、本音。本音隠せてないから。なに今さら平静装ってんの……」

女神？　天使？　いえ女神でした。何なのこの可愛い反応。俺にどうしろと？　三回回ってワンって言や良いのか？　やっちゃうよ？　お金払ってでもやっちゃうよ？

「変な事って……例えば何だよ？　何したら夏川が怒んの」

「そ、それは……」

「や、言いにくいんなら良いんだけど」

「なっ、ちょ、ちょっと……！　何なのよさっきから！　少しは関心持ちなさいよ！」

「興味ならあるぜ、夏川に」

「なっ、な……」

「お、おお……さじょっちのそれ久々に聴いた」

しまった思わず本音が。

何年もかけて体に染み込んだ癖がそう簡単に抜けるわけがないんだよなぁ……夏川を口説くのなんてもはや条件反射みたいなもんだ。そういう意味でもやっぱ俺は距離を置いた方が良いのかね……だからって疎遠になるのも嫌だし。こういう時の引き際ってこんなに難しいんだな。今んとこ全然慎ましい振る舞いできてなくね？　稲富先輩とか俺身を引いたのに結局ガッツリ話したし。アタシ困っちゃうっ。

やっちまった感を受け入れつついつもの罵声を待つ。まあ元々夏川に関しちゃ俺が悪いもんなぁ……。

「な、なら――」

「へ……？」

お、おん……？　な、何か思ってた反応と違うぞ。前みたいにうんざりした顔になって俺をキモいキモいしてからお手手キレイキレイすんじゃないの？　え、何でそんな覚悟決めたような顔を――

「――ならっ……う、家に来なさいよ!!」

「…………」

……………え。

…………――――ッ！！？？？　※言葉にならない

「あ、愛ち……さじょっちを殺す気なん……？」

「……？　あっ……!?　あ、あぁぁぁぁぁ…………！！」

「ちょっ……！　二人して身悶（みもだ）えるのやめてくんない!?　同席してるアタシが一番恥（は）ずかしいんだけど!?　ねぇちょっと!!　ねぇ！！！」

あとがき

皆さん、お疲れ様です！　この度はこの『夢見る男子は現実主義者』第一巻を手に取っていただき本当にありがとうございます。ネット小説に始まり、まさかこの作品が書籍として現物化される日が来るなんて夢にも思っていませんでした。

さて、自分こと『おけまる』が初めてネット小説というものに触れたのは中学生の頃です。確かポケ〇ンの二次創作ものでしたね。それからずっと色々な作品を読み続け、初めて執筆活動に踏み出したのは高校生の頃でした。今となっては『携帯小説』って言葉が何だか懐かしく感じますね。ネット小説に触れて十数年、執筆活動歴ももうすぐ十年になります。その間に書き上げた作品はこの『夢見る男子は現実主義者』も含めて二作。実はこれの前に中々の大作を書いていたんですよね。恥ずかしいから作品名は出しませんが……。

今思い出せば、高校生の頃は本当にライトノベル作家になれればな、なんて夢を見てい起こるかわかったものではありませんね。

った気がします。大学生活を経て、就職活動をするときにもそのような夢を抱いていたのですが、本気でなろうとまでは思っていませんでした。それがまさか、こうして社会人になって一端に働くようになってからライトノベル作家デビューできるなんて……世の中何が起こるかわかったものではありませんね。

二〇一八年の半ば、実はこの『夢見る男子は現実主義者』をどうして書き始めたのかよく憶えていないんです。何ならどうして〝現実恋愛〟というジャンルを選んだのか、それすら憶えておりません。読みに徹するときは大抵がファンタジーものなんです。上京したばかりで心機一転するためのものの一つだったのかもしれません。それでも応援してくれるファンの皆さんのおかげで不思議と筆が進み続けて今に至ります。

読み続け、書き続けて分かったことは文才なんて関係ないって事でした。何故ならこれはライトノベルだからです。ライトなノベルだからです。校閲さんには申し訳ありませんが、文法や単語の使い方が無茶苦茶だろうと、まずは面白さが共有できることが大事なんです。何度他の〝そういった〟作品にド肝を抜かれた事か。初めて出会った時はすごく感動したのを憶えています。そして、より〝ネット小説〟の沼に沈んで行った瞬間でした。

もう抜け出せる気がしません。

この話から解ると思いますが、私はライトノベルよりも〝ネット小説〟寄りの人間なんですよね。初めて書籍化のお仕事に関わらせていただいて、裏話なんか聞いちゃったりしてニヤけてしまったのもあったり……いや苦労されていると思います。自分の作品の為にそこまでしてくれてありがたいばかりです。そして私も含め、そんな関係者さん達の原動力になるのはやはり読んでいただける読者の皆さんの声になります。自分も他の人の作品を読むときは何かしらで痕跡を残そうと思います。いつも黙って通りすがってしまってすみません。

皆さんも同じですが、日常の中でこういった〝楽しみ〟が在るのは社会で生きていくうえでの強みになると思います。今や当たり前に皆がスマホを持っている中で、〝ネット小説〟は最高に気軽なものなんです。パチンコはお店まで行かないといけないし、ゴルフみたいなスポーツなんてお金がかかりますから。誰かが言ってましたが、こういったものを使って『自分で自分の機嫌をとれる』って凄いことなんですよ。大人の証拠。だから皆さん、この沼にもっと周りを引きずり込んでやりましょうっ！

二〇二〇年の半ば、今の時点にしても同じです。この書籍の発売を遅らせた原因になった〝アイツ〟。世の中の警官は警棒を持って外をうろつき出し、町のみんなは家に引きこもらざるを得ない状況になりましたが、〝ネット小説〟の沼で温泉に浸るように「あぁ～気持ち良いぃ～」ってなっている我々に死角がありますか。もう最強ですよね。スーパーから食品が無くなろうと、お腹が減っている事も忘れて没頭できますから。自分の場合、それで執筆活動に影響が出ちゃうのがネックなんですが……。ご飯はちゃんと食べてください。

そういえばこの騒ぎで実家からも連絡が来ましたよ。この作品の発売時点で自分は一人暮らしと上京が二年目。「よう、何か恵んでやろうか」とうちの父親がほざくものですから、「トイレットペーパーください」って言い返してやりましたよ。すんでのところで新聞紙のお世話にならずに済みました……。

初めてテレワークなんてものも経験しましたね。英単語でテレコミュニケーションなんて言葉があったんですね。家でパソコンを開くとかまるで仕事大好き人間じゃないですか。

名誉毀損で訴えたいけど相手は人じゃないですからね……。リンゴ製のスマホに付いてくるイヤホンにマイク機能あるなんて初めて知りました。時々外で独り言を喋ってる人が居ると思ったらそういう事だったんですね……。

個人的な話ばかりになってしまいましたが、ここで皆さんに嬉しいお知らせがあります！　実は本作『夢見る男子は現実主義者』、早くも第二巻の発売が決定しております！　余韻残るままのお知らせになったのではないでしょうか。私自身「はやっ」と思っております。何だか実感が湧かないですね……ひいては読者の皆さんのご贔屓の賜物であると思っております。まだまだ皆さんにお見せできていない話がたくさんありますので、是非ともまた手に取っていただき、面白さや甘酸っぱさをお届けできたらと思います。

最後にはなりますが、昨今の時世におきまして、皆さんのお側にこの本があるという事を光栄に思います。同様に、今だからこそ〝家で楽しめるもの〟の一つである仕事に携わらせていただいていることに誇りを感じます。初見の方、そしてネットからお越しいただいた皆さんも含め、深い感謝を伝えるとともに、これからも自分なりの執筆活動を続けて行こうと思いますので、今後ともどうか宜しくお願い致します。

それではまた二巻でお会いしましょう！

おけまるでした。

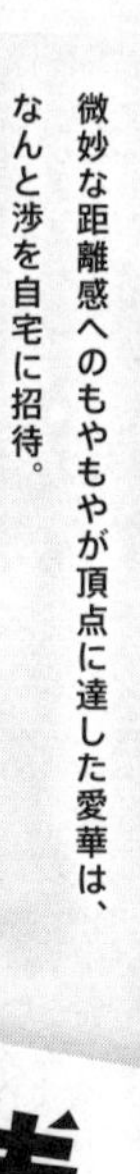

微妙な距離感へのもやもやが頂点に達した愛華は、
なんと渉を自宅に招待。
まさかのお宅訪問で
何も起きないはずがなく……!?

そして、心機一転した渉に対して、
周囲の反応も自然と変わる。
新たな人間関係と共に、季節は夏へ向かう——

第2巻 発売決定!

夢見る男子は現実主義者2

2020年 夏頃 発売予定

HJ文庫 https://firecross.jp/
880

夢見る男子は現実主義者 1

2020年6月1日　初版発行
2023年5月25日　3刷発行

著者――おけまる

発行者―松下大介
発行所―株式会社ホビージャパン

〒151-0053
東京都渋谷区代々木2-15-8
電話　03(5304)7604（編集）
　　　03(5304)9112（営業）

印刷所――大日本印刷株式会社

装丁――coil／株式会社エストール

Printed in Japan

ISBN978-4-7986-2206-4　C0193

ファンレター、作品のご感想お待ちしております

〒151-0053　東京都渋谷区代々木2-15-8
(株)ホビージャパン HJ文庫編集部 気付
おけまる 先生／さばみぞれ 先生

アンケートはWeb上にて受け付けております

https://questant.jp/q/hjbunko

- 一部対応していない端末があります。
- サイトへのアクセスにかかる通信費はご負担ください。
- 中学生以下の方は、保護者の了承を得てからご回答ください。
- ご回答頂けた方の中から抽選で毎月10名様に、HJ文庫オリジナルグッズをお贈りいたします。